O AMOR

Copyright © 2023
Joel Rufino dos Santos

Todos os direitos reservados
à Pallas Editora e Distribuidora Ltda.

Editoras
Cristina Fernandes Warth
Mariana Warth

Coordenação editorial, projeto gráfico e capa
Daniel Viana

Assistente editorial
Daniella Riet

Revisão
BR75 | Clarisse Cintra

Este livro segue as novas regras do
Acordo Ortográfico da Língua Portuguesa.

DADOS INTERNACIONAIS DE CATALOGAÇÃO NA PUBLICAÇÃO (CIP)
(CÂMARA BRASILEIRA DO LIVRO, SP, BRASIL)

Santos, Joel Rufino dos
O amor e o nada / Joel Rufino dos Santos. -- 1. ed. -- Rio de Janeiro, RJ :
Pallas Editora, 2023.

ISBN 978-65-5602-109-6

1. Ditadura militar 2. Ficção brasileira I. Título.

23-167435   CDD-B869.3

Índices para catálogo sistemático:
1. Ficção : Literatura brasileira B869.3
Tábata Alves da Silva - Bibliotecária - CRB-8/9253

Pallas Editora e Distribuidora Ltda.
Rua Frederico de Albuquerque, 56 – Higienópolis
Cep.: 21050-840 – Rio de Janeiro – RJ
Tel.: 21 2270-0186
www.pallaseditora.com.br | pallas@pallaseditora.com.br

O AMOR E O NADA

Joel Rufino dos Santos

Para Teresa, como os outros
Solamente una vez amé en la vida

[...] Desde o instante em que deixamos de ver uma pessoa, ela entra no passado. Todo passado está igualmente longe. [...] Orfeu não esmoreceu, e os deuses, que premiam a perseverança, deixaram-no chegar até as portas do passado. Para cruzá-lo devia-se adivinhar uma fórmula. O herói exclamou: "Todo passado está igualmente perto."

(***Orfeu*** **— Adolfo Bioy Casares)**

SUMÁRIO

Prefácio: Cecília M.B. Coimbra   10

Luís Viegas   16
Gladys   32
Júlia   48
O Sinistro   58
Mata Hari   68
Gabi   74
Mangaratiba   86
Cavani e Nadir   104
Paulo César   126
Iranildo   148
Jovina   154
Berenice   160
Fernet   166
Val   182
Magno   188
Visita   200
A ilha   204
São Roque   210
Naufrágio   222

Posfácio: Rogério Athayde   228

PREFÁCIO

Com rico humor, ironia e uma fina linguagem coloquial, *O amor e o nada* nos toca e nos conduz, através das memórias de seu principal personagem, ao curso de história da Faculdade Nacional e Filosofia, a famosa FNFi da UB (Universidade do Brasil, hoje UFRJ). "Território livre da Guanabara", como a chamávamos, especialmente na época do Governo Carlos Lacerda (1960-1965), impedido que foi por nós, estudantes, de entrar para paraninfar a colação de grau do curso de Jornalismo que, ao romper politicamente com os demais cursos, tentava realizar uma cerimônia em separado.

Joelzinho, querido companheiro-amigo-irmão, nos traz neste seu romance um pouco da história dessa geração: a "Geração Filosofia".

Com muito bom humor, vamos acompanhando a história de uma juventude que não aceitou o azedume da disciplina, da domesticação. Uma geração que ousadamente rompeu com muitos paradigmas, considerados intocáveis e sagrados pela tradicional família cristã brasileira. Jovens que experimentaram a invenção, a dissolução de crenças garantidas, rompendo com as leis que tentavam moldar nosso funcionamento, nossas vidas.

Apesar da binarização e, mesmo, dogmatismo presentes em nossas militâncias — algumas passagens presentes no livro apontam isto com fina ironia — não se pode negar a generosidade-coragem desta geração que, no início dos anos 1960, acreditava conseguir mudar o mundo. Tempos de experiências belíssimas, de sonhos, utopias e alegrias que forjaram fortes relações de amizade que perduram ainda hoje. Já ali, aprendíamos que querer outro mundo é algo que não se faz sem que se entre, também, em um processo de invenção de si.

Joelzinho — que intensamente viveu aqueles anos de modo audacioso, irônico, arrojado e corajoso — dentre outras transgressões, como aluno criou um fictício historiador francês, especialista em Grécia Antiga, Thacité de Froda e, ousadamente, apresentou-o em sala de aula para a professora

"Mata Hari", de História Antiga e Medieval, assistente do então diretor da Faculdade, um direitista extremado que apoiou e aplaudiu o golpe de 1964.

Thacité de Froda é a afirmação da alegria, da leveza, do deboche ao aludir a uma brincadeira da troca de letras. Um personagem criado, imaginado e posto para funcionar por um aluno e seus amigos, que colocou em xeque a arrogância da Academia, desafiando sua dureza, austeridade, seriedade, cientificidade, tristeza...

Muitos outros fios poderiam ter sido puxados e explorados dada a variedade de temas que nos apresenta este romance. Escolhi apenas um: os fragmentos da história de uma geração. Daqueles(as) que ousaram sonhar, criar, lutar; ousaram correr riscos e dizer não. Daqueles(as) que ousaram inventar novos modos de viver neste mundo com alegria e potência e que, por essas rupturas, foram marcados(as) como a peste, perseguidos(as), massacrados(as), exterminados(as).

Caminhávamos, assim, lado a lado com a alegria de uma vida potente, com sonhos e utopias; e com a tristeza, o horror, a morte, as prisões ilegais, as torturas e desaparecimentos.

A todos(as), em especial aos(às) que não estão mais entre nós, como você, Joelzinho, nossas saudades, gratidão, respeito e admiração.

Joel Rufino dos Santos: presente, hoje e sempre!

**Rio de Janeiro, verão, janeiro de 2023.
Cecília M.B. Coimbra**[*]

---

[*] Psicóloga, professora aposentada da UFF vinculada ao Programa de Pós-Graduação Estudos da Subjetividade, pós-doutora em Ciência Política pela USP, fundadora e membro da atual Diretoria Colegiada do Grupo Tortura Nunca Mais/RJ.

LUÍS VIEGAS

Era a quinta vez que Luís Viegas ia ver o doutor Arthur. Em todas o impressionara o contraste entre a singeleza da sala de espera — a secretária gorda, de meia-idade, um pequeno sofá, a televisão sempre passando um "Vale a pena ver de novo" — e o luxo do consultório. O médico o recebia invariavelmente de pé, lhe apertava a mão com energia profissional.

Naquela tarde, doutor Arthur o esperava sentado, não estendeu a mão, perguntou se aceitava café ou água:

— Não tenho boas notícias. Descobrimos uma metástase.

Após a fração de segundo em que percorreu com olhar vazio a coleção de canetas de marca sob o vidro da mesa, Luís Viegas articulou:

— O que isso significa?

— Vou lhe explicar com calma. Aceita café ou água?

Luís notou que dessa vez o médico não ofereceu café e água, mas um ou outro. Não durou cinco minutos a explicação. Luís fez apenas duas perguntas, já de pé:

— Vão me internar? Quanto tempo tenho de vida?

A internação não seria problema, Luís Viegas de Guimarães era rico. Seu pai — enquanto viveu — a madrasta, o tio, um meio-irmão e uma sobrinha viviam à larga. O avô — um macroinvestidor da bolsa que se matara ao quebrar, no mês em que o neto completaria oito anos — deixara bens valiosíssimos. Se perguntassem a Luís quantos imóveis de luxo possuíam, inclusive o solar em que morava há 54 anos, desde que nascera, de frente para a Lagoa, não saberia. Nunca se dera ao trabalho de lidar com avaliadores, curadores, testamenteiros, liquidantes, contadores, corretores ou quaisquer outros que conversassem por números.

Um ano após o suicídio do avô, sua filha única, a mãe de Luís, foi levada por uma pneumonia galopante, que se recusara a tratar. Tirando o sobressalto dessa morte — o pai não o internou nem o entregou a empregados ou parentes, como se esperava —, Luís teve infância e adolescência amorfas, repartidas entre maus e bons incidentes sem relevo. Estudou num colégio de elite, gravata e *blazer* azul-marinho com o distintivo em fio brilhante discreto, o Saint Paul. Nada do que aprendeu era com ele, apesar de inteligente. Para que serve isso, se nunca vou usar, era sua pergunta habitual. Não se imaginava em qualquer profissão no futuro, só temia acabar professor de punhos puídos, como os do Saint Paul — corria à boca pequena que dois deles foram despedidos por desleixo no vestir —, ou agente financeiro. Ao professor que o observasse, o que era incomum, Luís não chamava a atenção por nada. O de história, cruzando com ele, certa vez, no *shopping*, observou à esposa que estava ali, peremptoriamente, um protótipo de fusão perfeita entre a classe e o indivíduo. De fato, Luís Viegas nunca duvidou de ter direito ao lugar que lhe fora reservado na sociedade. Não se aporrinhara nunca com nada, havia sempre um mordomo, um chofer, um mensageiro, um despachante para resolver problemas ou tirá-lo de encrencas. Aliás, salvo em sonhos, acreditava que os problemas eram sempre criados por outrem. Contudo, não era preguiçoso, nadava e jogava futebol nas competições do colégio. Seu temperamento ia melhor com o futebol de campo, oito contra oito, de menos contato físico e, sem dúvida, mais inteligência. Desprezava a moda do futebol de salão. Torcera pelo Fluminense até o falecimento do avô, assumindo então que preferia torcer pelo Botafogo.

Não teve, até tarde, qualquer sentimento hostil ou amistoso por pessoas pobres. Os que lhe serviam — o caixa de banco, os seguranças da casa, o subgerente da loja que lhe trazia roupas e sapatos em domicílio para escolher, a bá que morrera de um tétano inexplicável, o garçom mal-humorado do Alves da Tabacaria, a que fora iniciado por tio Magno — eram avaliados por sua parcimônia verbal, quanto menos falavam, mais prezados. Nunca despediu um sequer, não sabia como fazê-lo, detestava os clichês de cinema, "Está despedido", "Saia daqui imediatamente", "Passe nos recursos humanos". Nas raras manhãs em que acordava cedo, ou chegando de noitadas, abria um janelão da frente, aspirava fundo o ar da Lagoa e do Cristo. Acontecia, então, de avistar empregados chegando para o trabalho — criadas, faxineiras, porteiros, jardineiros, feirantes, motoristas, acompanhantes de idosos, guardadores de carro. Um desses era "dono" do estacionamento da rua. Veio lhe perguntar se não gostaria de pagar pelo estacionamento de seus três carros, Guardo meus carros na garagem, o senhor sabe muito bem, e o sujeito, Eu sei, doutor, por isso mesmo, o senhor não me dá trabalho, isto é — parecia um malandro de teatro de revista —, como não recebo o seu pagamento, desfalca meu orçamento mensal, lhe dou um desconto, me pague somente por um dos três carros. (Gladys lhe contara, a propósito, de um bloco do Humaitá que ela ajudara a fundar, cujo samba dizia "Trabalhar eu não, eu não, Se eu trabalhar eu vou morrer". Luís contava as duas histórias como expressão do que o brasileiro tinha de melhor).

Luís Viegas não imaginava a vida de subúrbio, provavelmente imitação grosseira da Zona Sul. Supunha que a Aldeia Campista, residência do tio, de casas amplas com jardim e garagem, ruas limpas e retas, fosse a Suíça suburbana. Muitos domingos, o pai o levou ao limite da cidade, o Maracanã. Na saída, olhava de relance o Morro da Mangueira, ali se recolhia a torcida escura do Flamengo, em melancolia ou samba, conforme o placar. Haveria certa quantidade de vascaínos, na continuação da linha do trem. Não tinha elementos para odiá-los, só existiam em dias de jogos. O mundo era inundado de flamengos, com exceção dos Estados Unidos, onde fez intercâmbio ao concluir o segundo grau. Os americanos se dividiam por times de basquete, mas não era questão de classe. Ninguém era empurrado pelo nível social para uma ou outra torcida, contava aos amigos. Era um esporte praticado por negros e aplaudido por brancos, desmentia o que falavam dos americanos, certas coisas não eram bem assim. Mas não gostava da América, pelo menos a do seu intercâmbio, o Sudeste. No ano que passou lá, teve diversas oportunidades de ir à Disney, recusou todas, nunca saiu de Memphis e, ao regressar, esqueceu os Milford para sempre. Iniciou a sua lista de férias pessoais — da sua vontade, embora não com seu dinheiro — por França, Itália, sobretudo esta, Alemanha e Inglaterra. Passou, também, umas férias em Mendoza, na Argentina, onde noivou com uma moça muito diferente dele no temperamento, a quem cobiçou, sem culpa, somente pelo corpo e pela pele. Com o tempo, Gabi ficaria na sua lembrança como sua iniciadora em enologia e Castañeda.

Seu único sobressalto — preferia esta palavra a trauma — ficara sendo, de fato, a morte da mãe. Sentiu-lhe a falta muitas vezes, mas nunca a relacionava afetivamente com o pai, que a desprezava, e não apenas em matérias masculinas, esporte, política, economia, investimentos, viagens. Os próprios irmãos de Adelaide a consideravam sombria e decadente após o casamento.

***

Na consulta seguinte, depois de esgotar seu estoque de anedotas sobre desenganados — que Luís tentou acompanhar com risos insossos —, doutor Arthur se fixou na desnecessidade de internação. Podia montar em casa, com a tecnologia de hoje, uma situação terapêutica tão boa quanto a dos melhores hospitais. Lhe recomendou duas enfermeiras diplomadas para o *home care*, especializadas em doentes crônicos.

— E quando será?

— Estamos longe disso. Vou passá-lo a uma colega, a melhor que conheço, referência nacional, que cuidará do teu lado psicoemocional. Não se preocupe, Viegas. Podemos lhe assegurar, quando você piorar, um nível de vida confortável. Mas isso, como lhe disse, ainda está fora do nosso horizonte.

— Gostaria de saber em número de meses.

A voz do condenado era normal, com notas roucas.

— Varia de pessoa pra pessoa. Você é jovem e forte, isto é... Olha, te dou um conselho como médico e amigo. Não se abata prematuramente. Faça um cruzeiro marítimo, faça coisas que o tornaram feliz alguma vez.

— Como quem se despede.

— Não, de jeito algum. Quis dizer apenas que você deve programar seu lazer como se... por exemplo, o país estivesse às vésperas de uma revolução comunista, desfrute enquanto é tempo. Bote pra quebrar.

O condenado seguiu o conselho, reforçado pela competência cerebrina, talvez irritante, da psicanalista. Repetiu, como se fossem os últimos, programas que lhe deram gozo. Preferia esta palavra à felicidade, apropriada, na sua cabeça, a garotas suburbanas na hora de financiar o vestido nupcial. O que sentia estava mais perto da desvinculação zen, ou da descarga que o inundava ao levar para a cama uma grande mulher ansiada pelos rivais. Usou essa metáfora numa das sessões com doutora Gertrudes, ela a passou a limpo — aquilo nada mais era que sua forma de reinar sobre homens, isto é, seu gozo atravessava esses homens, não passando, no fundo, de forma transversa de homossexualidade. Encerrando a sessão, ligou o gravador e pediu a Luís que ouvisse, *Um dia vivi a ilusão de que ser homem bastaria, Que o mundo masculino tudo me daria, Do que eu quisesse ter, Que nada, minha porção mulher que até então se resguardara, É a porção melhor que trago em mim agora, É o que me faz viver*, É Gil, disse ela, Eu sei, disse ele.

Luís desceu a Rio-Petrópolis a 100 quilômetros por hora em um buick que fora do avô. A patrulha rodoviária, oculta em uma curva, havia parado antes dele um alfa romeo por excesso de velocidade. O velocista exibiu a carteira, Sou cirurgião, fui chamado para uma operação urgente no Rio. Dentro havia uma nota, Pode ir, disse o guarda, mas tome cuidado, doutor, pelo amor de Deus — e fez uma cara ao mesmo tempo canalha e preocupada —, que podem ir a óbito o senhor e o doente. Se dirigiu a Luís, que sequer se dignara a descer, pensando marcar superioridade, Corria, explicou, porque o doutor corria — e, ligando o motor, deu ao outro umas notas que equivaliam a um terço do seu salário.

Doutora Gertrudes o avisara de que a depressão, em sua ronda costumeira, o pegaria cedo ou tarde, sairia dela com ajuda medicamentosa e "meu competente suporte" — usou com naturalidade essa expressão. Naquela mesma madrugada teve uma insônia pesada. Dispensara os empregados, se sentou na copa e, apoiada a cabeça nas mãos, pensou que chorar lhe faria bem. Teve ideia melhor, desencavou o álbum da família, reviu a mãe vestidinha de índia no carnaval de 1920, a dele próprio socando um joão-teimoso, entre os primos, clichês com colegas mais antigos do jardim de infância, um entre lobinhos voltando de um acampamento em Maricá, ele é o penúltimo à esquerda, acocorado. Nas últimas páginas, já adolescente — um "hominho", tinha de ouvir toda vez dos parentes —, em êxtase entre Robson e Escurinho, do Fluminense, no banquete que seu pai oferecera ao time pela conquista do Rio-São Paulo, banquete que, aliás, terminaria mal — o centroavante Givaldo se trancara numa edícula com a prima Lorena, de quinze anos. No seu álbum pessoal, se demorou na primeira comunhão, no retrato oficial do time do colégio, ele um pouco mais baixo que os outros, quase todos louros, o técnico moreno escuro, toalha no pescoço e, com a bola entre os joelhos, o Bianchi, o craque de qualquer time em que jogasse, inclusive, mais tarde, o Fluminense e o Reims, da França. Bianchi tinha a odiosa mania de balançar a cabeça de um lado para o outro, estalando a língua, quando não lhe devolviam a bola no pé. Revia tudo sem reviver, como a vida de um outro. Ah, mas não. Uma sequência de fotos do passeio ao Jardim Botânico, parte dos festejos da formatura ginasial, o transportou, sentiu a luz e o cheiro daquela manhã de outono — desde que o bonde os despejou na porta, aos risos, aos empurrões, aos tapas, que eram sua forma de amorosidade, nenhum inspetor os conteve; as mesas do banquete — o convite supérfluo, em papel linho com caracteres em fio de prata (Luís o pregara no álbum) falava em convescote — foram armadas num exagero de pernis, salmões defumados, codornas ao molho, presuntos comuns e pata negra, arrozes brancos e pretos, à grega, à piemontese, mantidos por *réchauds* giratórios de cobre, as mesas enfeitadas de maçãs, pêssegos, caquis, laranjas-pera, lima e bahia, bananas-prata, d'água (nanica), frutas-do--conde esbugalhadas como granadas implodidas antes da batalha. Enquanto os serviçais, de aventais brancos imaculados, atufavam as mesas de sucos em jarros — o diretor não podia ouvir falar em refrigerantes —, a turma desapareceu entre as árvores históricas, transplantadas para o país das árvores. Uns corriam como meninos pequenos, outros, como se houvessem ajustado de antemão um local de encontro, enfiavam numa só direção do bosque, aos pares, aos três. Luís virou uma página do álbum e achou o que procurava: Stela. Protegida por uma touceira compacta de bambus enormes, a moça mostrava meio corpo, lânguida, trigueira, sorridente, 1 metro e 60 de malícia impressionista, um pouco cheia de peitos e coxas, mas não de cara e cintura. Ele mesmo a fotografara. Ela empurrava os rapazes para uma caverna, sob pretexto de servir groselha com raspas de gelo, mas o que saía do seu avental eram cigarros, rodelas de salames italianos e, alternadamente, uma garrafa de rum e outra de uísque. Era a caverna do beijo, nenhum formando passaria por ali indene — só não havia música — e imaginem qual seria —, por renúncia, ainda infantil, a mais gozo. A relação erótica entre a portuguesa e os alunos era um segredo de polichinelo, mesmo entre os diretores. Stela, apesar da pouca idade, era a chefe de cozinha do Saint Paul, e seu noivo, sargento da polícia militar, o segurança de fato do colégio. Havia uma foto solta no álbum. A qualidade era superior, talvez por mais recente. Um homem alto e magro, quase ruivo, sorriso de caveira tola, abraçado a seu pai. Não o conhecia, mas a foto fora tomada na sala principal da mansão, identificada no verso com a letrinha feminina do pai: Um amigo americano em visita à nossa casa, 1962. Por que não lhe anotou o nome? Era uma cara relativamente conhecida, possivelmente um político, *big boss* ou diplomata. Como Clemente Viegas conseguira levá-lo à sua casa? E com que finalidade?

***

Na consulta em que doutor Arthur lhe falou em metástase, Luís tentara, na sala de espera, se concentrar em uma *Veja*. Das revistas semanais era a que menos lia, embora a respeitasse como empresa de opinião, havia sem dúvida talento em conquistar um público nacional vasto de conservadores, grandes e pequeno-burgueses — como se dizia no seu tempo de estudante —, e firmar com ele um pacto de retroalimentação: um fecundava o outro sob um dossel de publicidade. Luís Viegas era também um conservador, surpreendido pelos fados, mas de outro tempo e jaez — faixa de opinião formada precisamente por pessoas que não precisariam abrir o dicionário para saber o que é jaez.

Aos 54 anos mal completos, não achava natural frequentar consultórios de oncologistas. No do reputado doutor Arthur de Angelo não faltavam carecas, este de cenho franzido a quem a mulher faz tudo, pegar cafezinho, levar ao banheiro; esse que fita o chão e precisa ser balançado para conhecer que é a sua hora de entrar; aquele um inconveniente acreditando que Deus lhe dera, com a doença, a chance redentora de ser simpático. Dessa vez, uma mulher enorme, que talvez fora bonita, parolava sobre a melhor maneira de enfrentar o câncer — a dela —, sem falsa esperança, perdoando todos que lhe fizeram mal, dispondo sobre a cremação em São Paulo, a distribuição dos bens etc. , mas, sobretudo, distribuindo perdão aos inimigos. Melhor que morfina. Falando de corda em casa de enforcado, buscava o interlocutor com olhos arregalados, modulando a voz — uma atriz, Luís já a vira em alguma peça, um filme, uma novela ou uma *performance* no Largo do Machado. Tentou se refugiar no toalete, mas encontrou congestionada a rota de fuga.

GLADYS

Na semana seguinte, se sentindo bem, Luís procurou Gladys, a garota americana a quem devera suas melhores horas do intercâmbio gelado em Memphis — o termômetro descera a menos 10 graus na primeira semana. Desadaptada de sua terra, Gladys vivia aqui de uma pintura de vanguarda que vendia bem, especialmente para a própria família, despachando todo ano toneladas de rabiscos e borrões que a mãe e o irmão, movidos por culpas divanescas, trocavam por centenas de dólares. Amava máscaras, seu apartamento no Leme era tomado por elas, africanas, *siouxs*, do carnaval de Veneza, das *diabladas* bolivianas, de *clows* dinamarqueses, das cavalhadas de Pirinópolis, de carrancas do São Francisco, dos desfiles de escola de samba, que arrematava nas quartas-feiras de cinzas — agora sem valor para os foliões — com apenas um sorriso. Aprendera, numa conferência do MoMA, que o espírito da arte moderna deriva de uma exposição de máscaras indígenas e africanas que Picasso e Braque (ou seria outro?) viram no museu do Trocadero, em Paris. Não tinha estas, mas colecionava aquelas.

Em 1959, recém-saída da adolescência, chegou ao Brasil se dizendo existencialista camusiana e, com três rapazes, dois portugueses e um catarinense, criou um jogral, todos de preto, recitando Fernando Pessoa em faculdades e pontos de ônibus — *come chocolates, pequena: come chocolates!*, nunca deixou de causar *frisson*. Só incomodaram, certa vez, o motorneiro do bonde Humaitá, que os fez descer alegando proibição de mercancia no veículo.

Se podia dizer que Gladys vivera muito em pouco tempo. Na sua alta adolescência, a família mudara do Tennessee para o Minnesota. Gopher Prairie era uma cidadezinha de onde só se podia sair de trem ou de carro funerário. Gladys Milford herdara do pai (no fim da vida um caçador bêbado) uma fazenda e um jornal. Havia poucos negros na cidade, em geral respeitáveis, e ela foi aprovada, logo na primeira semana, ao mudar de calçada quando acaso topava com um. A vida começou a lhe ficar interessante quando seu jornal trouxe a Gopher Prairie um jovem conferencista de San Francisco. Por muitos anos se falaria dele na região.

O rapaz, bem escanhoado, rosto resoluto (todos os rapazes, invariavelmente, o acharam besta, o que em Gopher Prairie queria dizer perigoso), falou dos valores americanos, do "nosso destino manifesto", do papel dos imigrantes etc. De passagem, mencionou os perigos da Guerra Fria (era 1958): se prosseguisse, em pouco tempo não haveria ruas principais tão boas de viver como aquela em que ficava o jornal que o convidara etc. etc. Nem mesmo a América haveria. Na hora das perguntas, Gladys foi a primeira a levantar a mão, Queria saber do senhor duas coisas. Primeira: o que nós, aqui desta cidadezinha perdida do interior, podemos fazer para combater o comunismo. Segunda: o que é comunismo. O conferencista Gore — que gozava a fama de filho de um pioneiro da aviação — esboçou um sorriso perigoso. Disse que ela lhe lembrou de imediato Carol Milford, Não seria sua avó? *I do not admit that dish-washing is enough to satisfy all women*, ele zombou, mas nenhuma criatura de bem na cidade jamais lera uma frase de Sinclair Lewis. Àquela altura, perdidamente apaixonada, Gladys Milford já não o ouviu. Com vinte dias, se mandou para San Francisco. Deixou a fazenda e o jornal por conta do irmão, que tinha os vícios do pai e, como era solteira, de poucas amigas, ninguém foi levá-la à estação. Teve a altivez de calçar a luva para estender uma moeda ao velho crioulo que vergava ao peso das suas quatro malas. Logo ao chegar, soube que Gore nunca residira em San Francisco. De vez em quando era citado em coluna literária, aparecia em um anúncio de conferência regional. Seu rosto parecia cada vez mais liso, o penteado perfeito. Gladys muitas vezes alisava a única folha de anotações que o literato — ela o chamava de pensador — esquecera sobre a mesa da conferência em Gopher Prairie. Uma tarde foi subir num bonde, como sempre distraída, na Jefferson Avenue, o veículo arrancou e ela se estatelou. Poucas escoriações, não precisou de hospital. Mas notou uma coisa: começou a se comover com todo negro ou índio que encontrava. Levava-os ao *shopping*, saía carregada de mercadorias úteis e supérfluas, esbanjando a alta mesada que lhe cabia, ameaçando estourar o orçamento da família. Não era santa, mas, sozinha, concorria com as organizações filantrópicas da cidade. Através do irmão, chegou à Dra. Calibree, psicóloga *ad hoc* da Primeira Igreja Batista de Gopher Prairie, que lhe deu um conselho: metesse uma ação contra a companhia de bondes, era certo que seu comportamento mudara depois da queda. Em cinco meses saiu a sentença. Gladys Milford recebeu de indenização, a dois ou três títulos, uma pequena fortuna. Escreveu ao garoto brasileiro do edredom, lhe jurava que tinha sido o seu único amor, perguntava como era o Brasil. Um pouco intimidado, Luís Viegas respondera que viesse passar uns dias no Rio. Nunca mais saiu daqui. Quando lhe perguntavam a razão, cantava mexendo as cadeiras estreitas, *Rio de Janeiro, cidade que nos seduz, De dia falta água, De noite falta luz*.

Vivendo aqui já há cinco anos, soube do lançamento, em Washington, do novo romance de Gore Vidal. Apareceu, não se identificou. Pegou seu autógrafo, requisitou o fotógrafo e atirou o livro na cara do escritor. Tingiram sua testa com o esmalte curativo da moda, o merthiolate, mas ele não apresentou queixa. Os jornais do outro dia tomaram o incidente como a melhor sacada jornalística daquele inverno.

Ao se matricular na Faculdade Nacional de Filosofia, a caipira norte-americana esperava encontrar entre os professores um Sartre de que fosse ela a Simone de Beauvoir. Um amor essencial, único, escolhido em liberdade e responsabilidade após experimentarem, ele e ela, inúmeros amores contingentes. Trabalharia junto com seu Sartre, diariamente, no Café de La Philosophie ou na Maison de France, depois se recolheriam à quitinete que ela comprara, ali perto, aprovisionada de vinhos, cogumelos, pistache e frutas da Arábia, para solucionar as aporias do pensamento dele. Seria feliz como interlocutora de um filósofo amante, não mulher para-si, mas em-si.

Em vez disso, encontrou o clube da cueca.

O chefe do clube, Melchíades, padecia de um defeito oposto ao do guru francês — era esotrópico. Dava um curso interminável sobre *O ser e o nada* e traduzira *Huis clos* para o Teatro Nacional de Comédia. Papa-goiaba, filho de lavradores, gastava seu tempo entre um emprego no Ministério da Agricultura, onde sobretudo o chefe da repartição não o conhecia, e a conclusão de um ensaio em que buscava casar, dialeticamente, o jovem Marx de *Escritos filosóficos*, a filosofia da existência e a cama. Também era conhecido por Mel, mais afim com a cor da sua pele e a personalidade coleante.

Gladys esperou a sua vez. Mel pegara uma pneumonia e quatro jovens amigas se revezavam, duas a duas, na sua cabeceira. Lhe preparavam o banho morno, supervisionavam as injeções, iam à feira com uma lista ditada pelo pensador, jamelão e pera-d'anjou figuravam em todas. Quando as primeiras amigas sucumbiram à náusea, ele aceitou ser cuidado apenas por Shirley Temple — o apelido de Gladys Milford no clube. Outras eram Jeanne Moreau, Silvana Mangano, June Allyson, uma gordinha do Irajá que fazia ideia, mas não saberia explicar a concepção, e Mildred, morena com um olho de vidro, da Urca, que, por sua modorra sexual, ganhara o codinome da garota frígida de *A servidão humana*. Disputavam pelo posto da Beauvoir, Nossa consigna, informou Mel, puxando-a para o colo, é "ninguém é de ninguém", E se eu trepar com um amigo seu, perguntou Gladys, abaixando a *Waltz in a flat major Opus 39*, música preferida do enfermo, Não teria para mim qualquer significado, ou melhor, teria o significado daquilo que significa. Os membros do clube eram cinco alunos (dois já assistentes), nove alunas efetivas e um sem-número de ocasionais. Não marcavam encontro, saíam ao terminarem as reuniões do partido ou, às vezes, quando restavam sós, desentocavam vinhos, queijos finos e trufas, propiciatórios do que se ia passar; a música era em geral Brahms. Uma tarde a mãe de Jeanne Moreau invadiu o seminário sobre Santo

Agostinho e rebentou uma sombrinha nas costas de Melchíades. O riso chegou aos corredores, subiu os andares no encalço daquela fúria bíblica. Melchíades se preparara muitos anos para aquele momento, correu à biblioteca, puxou da estante para escudo o volumão do *Oxford Classical Dictionary*, mas, aumentando a fúria dos ataques, se refugiou no gabinete do diretor, que, premiado com alguns golpes, chamou a polícia. As manchetes do dia seguinte foram o réquiem do clube. Como testemunho da sua existência sobraria o filho de Jeanne Moreau.

***

Sem dificuldade, Luís convenceu a amiga a passarem uma semana nas praias do Nordeste. Estavam na idade madura, ele condenado à morte, mas se viam como garotos — tinham 14 e 17 anos quando se metiam sob o novíssimo edredom das Lojas Bearskin. Gladys ligou para o namorado na frente de Luís. O sujeito, um publicitário, supôs, ao atender, que ela queria cobrar umas telas que deixara em seu poder. Fez voz de devedor em maus lençóis, até ela lhe dizer, escandindo as sílabas, Vou vi ajar com o Lu ís Vi e gas. Ele elevou a voz, mas ela o desarmou, Pode ficar com a grana dos quadros, Se é assim, disse ele, amansando de novo, boa viagem, vá com Deus, Obrigada, disse Gladys, fique você com ele.

Desde que o doutor Arthur lhe dissera "descobrimos uma metástase", Luís voltara a comer qualquer coisa, como na crise dos quinze anos, pastéis de siri, churrasquinho de gato, empadas de padaria, biscoitos Globo, perdendo o medo a intoxicações; voltou a se sentar em banco de praça, desconhecendo que eram catres de mendigos, viajou de ônibus e metrô. Voltou, trinta e cinco anos depois, ao randevu da Lapa em que gastara sua primeira mesada. Mais do que sempre, viver lhe parecia indiferente, embora ter a morte como horizonte aos cinquenta e poucos o compungisse. No seu trajeto habitual para a cidade passava em frente ao cemitério, quando tudo acabasse residiria num daqueles mausoléus guardados por anjos de cimento, capelas de mármore marrom e, subindo o morro, ao fundo, as gavetas em que dormiam os classe-médias. Ia pegar Gladys e um amigo para uma viagem a Pouso Alegre, Minas, o município brasileiro campeão de raios.

Um menino chamado Thomasinho pescava no rio quando uma descarga atingiu sua varinha. Ganhou poderes inacreditáveis, ao simples toque virava água em molho pardo e vice-versa, curava demências espantosas, doenças terminais, entortava moedas e talheres, impregnava quem lhe apertasse a mão com um perfume agudo de hortênsias, punha as palmas das mãos num buraco de formigas e quando as tirava saíam abelhas. Intelectuais e artistas o procuravam, uma cantora da moda viajava com ele debaixo de temporal e, como sempre, de relâmpagos, numa estrada estreita coleando abismos e pedregulhos, teve a ideia de pedir ao mago para diminuir a velocidade, Thomas cruzou as mãos atrás do pescoço, um gesto muito seu, e o carro, como cavalo de *cowboy*, chegou à fazenda por própria conta. Thomas transformou, diversas vezes, um ovo galado em pinto, usando a energia das mãos, e vice-versa. Gladys Milford acreditava de todo coração que Thomas Morton, o preferido entre as dez melhores estrelas da MPB, extirparia o câncer de Luís Viegas. O mago reenergizou o doente por três dias num quarto do sítio, cujo único luxo era um helicóptero de prontidão doado por um banqueiro — que, aliás, nunca se livrou do cheiro de hortênsias, entranhado em seus cofres, talões de cheques e suspensórios. Nada prometeu a Gladys, Tenho poderes, vocês só viram uma parte, mas não os controlo, não sei absolutamente quando baixam, nem garanto sua cura por intervenção dessa energia de que sou canal, vá cuidar da sua vida, Luís Viegas, cuida dele, Gladys, fiz o que pude, cacete, é provável que se cure, é provável que não, não vou cobrar de vocês os 20 mil de praxe, deixem um troco para a despesa que deram à minha casa nesses dias. Tomou as mãos do canceroso, deixando, dessa vez, um perfume, a margarida macerada na mão esquerda e queijo parmesão ralado na outra, Ra!

Voltaram pelas cidades do ouro, alegres, quase radiantes. Nos meses seguintes, Luís não teve dor ou cansaço, não chegou a fazer planos — nem Gladys era disso —, mas ficou certo de que viveria ainda muito. Arthur e Gertrudes o liberaram de exames por seis meses, suspendendo provisoriamente a radioterapia.

***

Em Fortaleza, saíam do hotel mais luxuoso para programas comuns, como excursão em bugre pelas dunas, dessa vez "com emoção", acompanhados de argentinos e paulistas pagando seus pecados no Hades de areia; foram encher garrafinhas de terra colorida com nomes de parentes em Morro Branco.

Em Maceió, se hospedaram no Hotel Jatiúca, onde Luís passava parte das férias na infância. Seu avô paterno era alagoano, herdeiro de usinas e, por muito tempo, mantivera ali uns chalés que filhos e netos aproveitavam mais do que ele. O gerente fez tudo para agradar ao casal, lhes ofereceu uma buchada num restaurante tão sujo quanto famoso. Só levava a esses lugares hóspedes especiais, descolados — e havia, sem dúvida, nesta expressão mais de um sentido. Quando chegaram, o botequim estava cheio — gatos, chofres de caminhões, investigadores, anotadores do bicho, ladrões de carga, proxenetas, vendedores de maconha... O dono montou uma mesa e, depois de apresentado, insistiu em que eram convidados da casa. Reapareceu com um avental limpo, copos e cerveja. O gerente do Jatiúca pediu, de entrada, três doses de Pitu. Vão na altura em que uma nova travessa de farofa será embebida pela gordura rubra das sobras do bode quando esbarra na mesa um sujeito baixo de chapéu, camisa social, calça folgada, cambaio. O gerente do Jatiúca o agarra pelo braço, Josimar!, por onde anda, vou te apresentar a meus amigos do Rio, senta, senta. Josimar acendeu em Gladys a alegria quase sexual de enfrentar o que ela chamava de outro. Pulou do estado amolecido, conhecido como pilequinho, para uma excitação de corpo inteiro. Deu a sua cadeira para o sujeito — ele teria uns 30 anos —, levantou para puxar uma para si, descalçou, por debaixo da mesa, as sandálias tailandesas. O gerente estava eufórico, orgulhoso, Josimar, este é um dos herdeiros do Jatiúca, neto do falecido doutor Linhares, e sua noiva (demorou um instante sem lembrar que se chamava Gladys), meus amigos, este é Josimar, cabra de responsabilidade pra qualquer serviço. Encheu os copos, enquanto Josimar, com um gesto do polegar, pedia uma cachaça para começar, Conte pra meus amigos, continuou o gerente, a vez que você ia me quebrar, conta. E virando para o casal, Foi uma passeata de estudantes contra a ditadura na Praça Floriano, eu não era terrorista, mas tinha boa liderança, a polícia quis dispersar a manifestação logo na saída e contratou o meu amigo aqui — pôs o braço, em que se via um relógio de ouro, nos ombros de Josimar — pra despachar dois ou três que vinham na frente, eu era o primeiro, conta Josimar, o que aconteceu, estou vivo e hoje somos amigos, quando fui vereador contratei você como segurança, um salário quase igual ao meu, conta pros meus amigos, são do Rio, não conhecem a verdadeira

Alagoas. Josimar, emborcara a cachaça e meio copo da cerveja. Gladys se debruçara sobre a mesa para ouvir a história, seus peitos muito brancos, sardentos, apareciam sob o camisu de filé. Josimar continuava impassível, O doutor está enganado, nunca aconteceu isso, está me confundindo, trabalhei com o senhor, é verdade, mas matar nunca matei, Que é isso!, fez o gerente fingindo aborrecimento, como não se lembra, te contrataram pra me quebrar, depois na câmara você me prestou alguns serviços, pode contar a meus amigos, são de confiança, conta, conta. Fez sinal para mais umas cervejas e foi ao banheiro, meio cambaleante. Josimar esperou que ele sumisse de vista e, respeitoso, como se não notasse os peitos de Gladys, foi direto, O doutor Zequinha está me confundindo, nunca fiz o que ele falou mas, olha — e tirou um cartão sujo do bolso —, se o senhor, em Alagoas ou no Rio, ou em qualquer buraco, precisar de meus serviços, estou às ordens. Quando o gerente voltou, Gladys pediu para ir embora, precisava de maconha, de pó, de ácido, não sabia em que ordem.

***

Pareciam amantes em lua de mel de opereta. Lotavam a mesa de cerveja, devoravam sururus da lagoa pretíssima de Mundaú, pitus de dois palmos com maionese e farofa d'água e, enquanto Gladys comprava blusas e toalhinhas de filé, pelo que pedissem, Luís distribuía notas de dois e cinco reais aos garotos brincando em valas negras. À noite, na rede, janela aberta para o escuro do oceano, pedia à namorada para esbofeteá-lo, querendo experimentar a sensação de que os amigos tanto falavam. Uma vez ela lhe deu ácido, trazendo para o chalé ondas de matéria que o fizeram subir e descer pelo silêncio insuportável do cosmos.

Foi na Praia do Francês que aconteceu. Ao pegar um jacaré, se chocou com um antigo colega de faculdade:

— Jaime Vasconcelos?!

— Luís Viegas?!

Como tivesse se despedido do outro no dia anterior, Luís o fulminou:

— E Júlia, tem visto Júlia?

JÚLIA

Júlia entrou na vida de Luís Viegas às 8 e 20 da manhã de 5 de março de 1963, uma segunda-feira.

Era a primeira aula do curso de História, da Faculdade Nacional de Filosofia, da Universidade do Brasil, daquele ano que seria, no seu penúltimo mês, abalado pelo assassinato do presidente norte-americano John Kennedy, sepultado sob uma montanha de teses conspiratórias, certas em tudo, menos em um detalhe qualquer. De incontestável havia um atirador, atocaiado num depósito de livros escolares, Lee Oswald, ex-fuzileiro naval que desertara para a União Soviética, mas Lee, quando era transferido para a cadeia estadual, foi morto por um mafioso infiltrado entre os tiras. Mais ou menos incontestáveis, mas em outro plano, foram as razões do atentado. Quem era John Kennedy? Um exemplar acabado de irlandês que ganhou a presidência na televisão contra um protofascista à americana chamado Richard Nixon. Pouco antes,

Kennedy mandara o irmão, Robert, secretamente ao Rio convencer Goulart a afastar os comunistas do governo, sob pena de perder ajuda sonante e simpatia. Só Deus não paga em dólares.

***

Ao concluir o clássico (a outra vertente do curso secundário era o científico), Luís Viegas Cavalcanti e Linhares não se interessou por nenhum vestibular. Podia fazer Direito, Arquitetura, Administração Pública (não havia ainda administração de empresas), Diplomacia ou Engenharia, mas trataria disso mais tarde. Ficou dois anos e meio sem fazer nada, acordava ao meio-dia, se arrumava com esmero, se perfumava, subia com o rabo de peixe ao Joá, parando certos dias para gozar a paisagem azul, almoçava com um amigo ou uma amiga, voltava a casa levando uma sacola de revistas estrangeiras que folheava, intercalando cochilos, até o meio da noite, quando saía para a ronda dos bares. Preferia o Alves da Tabacaria, em que se encontrava com meia dúzia de mandriões (a expressão era do pai) como ele, para fumar cachimbo ou charuto. Se falavam de política, reproduzia com fingida veemência qualquer artigo que lera em *The Economist*, na

Paris Match, na *Forbes* ou no colunista do *Correio da Manhã*, Castelo Branco — cuja habilidade consistia em dar a todos, de direita, de centro ou de esquerda, a sensação de que a conjuntura lhes era favorável.

Num daqueles magazines, o *History*, leu um ensaio ilustrado sobre o Império Otomano justo na noite em que um colega — seria melhor dizer confrade — adiantara com presunção um monte de asneiras sobre a história do Oriente Médio que Luís rebateu tão seguramente que imaginou calar a sua boca para sempre. Acordou no dia seguinte com vontade de estudar História, vontade que durou até o café com cuscuz e tapioca que o pai fizera hábito da família. A vontade voltaria mais tarde, lá pelas cinco da tarde, ao sair da primeira sessão de *Cleópatra*, com Richard Burton no papel de Marco Antônio.

Essa a razão de se encontrar naquela sala, daquela faculdade, naquele curso, em uma hora em que habitualmente iniciava o penúltimo sono.

***

A primeira aula da turma iniciante era de Antiga e Medieval. A professora, nos seus cinquenta anos, que pensava disfarçar com pulseiras e cabeleira à Mata Hari, parecia saída de uma tasca marroquina do entreguerras. Falava afetado como se toda a sua intenção pedagógica fosse esmagar os alunos — cerca de dezesseis rapazes e quatro moças. Luís se sentara atrás de uma delas, tão alta e bem posta de ombros que, para enxergar a Mata Hari se movendo no tablado, precisava esticar o pescoço. Ficou ansioso por vê-la de frente. Então, sem nenhuma razão, ou por conta do perfume forte e caro que se desprendia dele, Júlia olhou para trás. Luís desconhecia a beleza de uma mulher como aquela. Se acostumara, como todo o mundo, ao corpo de mulatas em capas de revista, em *shows* acompanhando um conhecido que chegava do estrangeiro, profissão da noite inexistente no catálogo do Ministério do Trabalho. No carnaval, vendo-as em penca à frente das baterias e no alto dos carros alegóricos, se perguntava onde se escondiam o resto do ano.

Quando Mata Hari encerrou a aula, ele não se mexeu, esperou a moça se levantar, torcendo para lhe notar um grave defeito. Esperara trinta anos para prestar atenção a uma mulher negra. Lhe veio à cabeça a taitiana de branco (havia outra, atrás, de azul), de Gauguin, longilínea, macia, um cão comprido (amarelo, cor de abóbora?) em primeiro plano. Fizera no Louvre um curso de introdução ao impressionismo, fechava os olhos e via quadros de Gauguin, discutia com detalhes a revolução, ou o estrago, que o Taiti fizera na sua vida, um burguês-nádegas que chegará a dizer que o escuro é a cor natural do homem — assim como tordilho é a dos cavalos.

Na outro dia, aguardou no saguão, guarnecido em mármore marrom, a chegada de Júlia — o prédio fora da embaixada italiana, tomado por estudantes durante a campanha pela declaração de guerra ao Eixo. Sentaria ao seu lado. Conseguiu, mas, depois de um "bom-dia, com licença", emudeceu. Desceram juntos no elevador, conseguiu perguntar se gostara da aula. Júlia respondeu com tal distância que durante uma semana sequer teve coragem de olhá-la. Começou a ter raiva de si mesmo. Não tinha ainda, àquela altura, uma ideia de onde encaixar a mulher — a perturbação que ela lhe causava — no quadro de seus sentimentos. É provável que, sem confessar, a odiasse. No entanto, se sentia fascinado, buscando-a onde estivesse, na biblioteca, no centro acadêmico, no bandejão universitário, no pequeno bar entre a Livraria Francesa e a Maison de France, o La Philosophie — e que, justo naquele ano, comprado por um empresário português, passou a se chamar Bar e Café Flor do Minho. Passava várias vezes para vê-la de esguelha entre os amigos. Pobre, sem dúvida, só o corpo era capaz de embelezar a calça jeans batida, as blusas da Mesbla, os sapatos gastos, nenhuma joia. Luís passava uma, duas, três vezes escapando ao olhar de Júlia, mas não ao dos amigos, que registraram, gozadores — num clima em que tudo se tornava política ou gozação —, o ridículo do sujeito bem-vestido demais para uma faculdade, cujos perfumes raros e enjoativos chegavam antes dele, e cujo carro era trazido do estacionamento em mãos pelo manobrista. Mais um tira infiltrado? Os que a esquerda tinha desmascarado, tirando o veterano da Coreia que se fez passar por pesquisador de Columbia, eram dois estudantes de jornalismo mal-vestidos e uma morena insinuante que entrara no vestibular de 1958.

***

O pai de Luís teve um infarto mortal, com isso ele perdeu uma semana de aula. Na semana seguinte, de terno sóbrio, gravata preta, menos perfumado, ensaiou no trajeto para a faculdade diversas formas de contar a Júlia, de receber seus pêsames, início — acreditava — de uma escalada de gestos de carinho. Até onde iriam? Breve lhe apresentaria suas credenciais, sua residência, sua casa em Correias, a piscina, o haras, seus carros, seu título preferencial do Jockey Club, sua permanente do Theatro Municipal, a cativa do Maracanã, noivariam, casariam na Candelária ou no Outeiro da Glória, resgataria a família dela da torcida do Flamengo, mandaria abrir uma faixa na Rio Branco, de lado a lado, JÚLIA NÃO ANDA MAIS DE TREM.

Ao entrar na classe, a freira franquista que lecionava Medieval se levantou, esbarrou nele de corrida para a janela, onde discursou, melhor dizendo, increpou os invasores do monastério de Veda, em Valladolid, há apenas 600 anos, assustando os passantes na rua, Los árabes! Los árabes! No seu delírio catártico, cerrava os punhos, a cara desbotada, Los árabes! Los árabes! Os alunos debochados — ou comunistas, era quase o mesmo — gargalhavam, enquanto um bedel acorria com um água açucarada, Calma, calma. Maria do Rosário se aquietava, retomando o curso da aula como se nada se passara.

Júlia não estava na sala. Sem ligar ao teatro de Rosário, Luís examinou as possíveis razões da sua falta; e ia, num instante, de uma gripe que a jogara na cama com febre de quarenta graus, em que chamava por ele, a uma desistência do curso, ela tinha de trabalhar pela manhã —, mas não por muito tempo, como El Cid despertando a rua com sua baratinha de câmbio automático, ele a reporia nas salas de aula, agora soturnas.

Abordou um colega de que não guardara o nome, alto, magro, um pouco torto para o lado direito, aros escuros, conhecido como o Sinistro. Era do último ano de Filosofia, mas fazia com eles Antiga e Medieval. Não era antipático, mas respondia apenas com uma ou duas palavras ao que lhe perguntassem, Há uma semana não vejo Júlia. Luís sentiu os braços caírem, teve raiva ao Sinistro, Ah, acrescentou o outro, não a vejo na sala, mas tem vindo ao bandejão e, após esse grandíssimo esforço, o Sinistro se permitiu um sorriso cúmplice de intrujona.

O SINISTRO

Quem era Adelino Tostes Carvalhal? Ninguém, em qualquer dos lugares em que aparecia, saberia dizer. No setor de transportes da Prefeitura, onde entrara por concurso, registrava a saída e a entrada normal ou emergencial de veículos. Não fazia isso diretamente, de caneta e bloco na mão, mas supervisionava os despachantes, reportando ao chefe, a cada sexta-feira, o intenso movimento da semana; antes de largar, aí pelas 17 horas, confirmava os plantões para o fim de semana. Não era trabalhoso, podia ler, diariamente, pelo menos em quatro das seis horas do expediente. Ninguém sabia ali mais do que os dados da sua ficha funcional — nascido a 19 de julho de 1939, carioca, empossado em 12 de março de 1960, residente à Rua Conde de Lages, 62, Lapa, solteiro, filho de pais falecidos.

Os pais de Adelino, emigrados de Leiria aí por 1920, tiveram uma chácara de hortaliças — couve, agrião, chicória, alface, bertalha — que Adelino e a irmã regavam às seis da manhã e às seis da tarde. Na sua lembrança, a *Ave Maria*, de Gounod, transmitida por todas as emissoras, ao cair da noite, derramando a única onda de misticismo triste nas almas do subúrbio, se associava ao regador de dez litros que o deixaria um pouco troncho. Muitas vezes desejara a morte dos pais por acharem um luxo trocar o regador por mangueiras de borracha mas, além dessa culpa universal, tinha outra, pessoal — fez a primeira comunhão sem nunca ter experimentado fé, em santos ou em Deus. Na hora triste da ave-maria, os garotos da rua saíam do campo para darem lugar aos adultos mal chegados do trabalho. Mesmo que, por um milagre, não regasse a horta, Adelino não jogava futebol. Era ensimesmado.

Subindo a curiosidade, os colegas de repartição, humildes como ele, à exceção do chefe absenteísta, espiavam por cima do ombro, ou nas horas em que ia ao banheiro, futricando o que lia — ficavam na mesma, era em estrangeiro, provavelmente negócios ou sacanagem. Surpreendeu um curioso, que se saiu com essa, *Os trabalhos e os dias*!? Não sabia, Adelino, que você se ligava no sindicato.

Passou os três anos do curso clássico sem amigos. Não acompanhava os colegas em reivindicações, nunca entrou na sala do grêmio, apertada, fedendo a cigarro e a barata. Não era contra a luta estudantil, na Associação Metropolitana de Estudantes votava com os comunistas e chegou a dialogar diversas vezes com o secretário da base, um baiano sorridente que sabia alguma coisa de filosofia. O quanto, Adelino descobriu uma tarde ao voltar de uma reunião da Juventude em que, certo do seu recrutamento, Heitor recitou pra ele, em quinze minutos, as premissas do materialismo dialético, ficando para a próxima ocasião as do materialismo histórico. Heitor se despediu com uma frase de Lênin: "Todo jovem comunista deve ler Plekhanov." Adelino retornou, Acabei de ler os sofistas, passei a Kierkegaard, chegarei lá. Heitor desistiu do sombrio Adelino, nunca passaria de um "área próxima".

No Frederico Ribeiro, exceção aos colégios noturnos "pagou-passou", flutuou entre os mestres e as matérias. Lendo perfeitamente as três línguas do currículo, só achava o espanhol um pouco cansativo, não se sentiu mal em pedir aos professores de Geografia e Desenho — este um sexagenário avelhantado que, mal fazia a chamada, estirava o braço direito sobre a mesa e roncava — que lhe dessem, por caridade, as notas finais para receber o diploma.

O de História, Avelar, marxista militante, presidente do sindicato da categoria, amoldava qualquer fato do passado, presente e futuro, à teoria, ou tábua, das contradições — fossem as invasões holandesas, o califado de Córdoba, a guerra civil norte-americana, a guerra do ópio, na China, o grito do Ipiranga. Amoldava e exibia no quadro-negro, didático, cenho franzido, parando somente para acender um cigarro no outro. A admiração de Adelino por Avelar era sincera. Em diversas aulas, vendo-o produzir sínteses dialéticas, irradiado e cabal, Adelino teve vontade de abraçá-lo — como queria ser simples assim, escovar a vida de sua poeira para servir, a cada noite, àqueles trabalhadores do comércio, da venda em domicílio, da conferência de estoque, do quartel da Marinha, da Aeronáutica, da Polícia Militar, motoristas de ônibus, investigadores, o sumo que os nutriria na luta de classes, a que não aderiram antes somente por não terem tido um Avelar no jardim de infância. Avelar também o admirava, vendo nele um trabalhador desalienado, estudioso, capaz, se lhe pedisse, de cravar com percevejos na sua teoria, usando a lousa, os pensadores dialéticos e os idealistas. Avelar não era um Heitor.

***

Júlia almoçava de fato no bandejão. Adelino, que parecia conhecê-la, fez a sua bandeja, esperou vagar um lugar na sua mesa, se sentou. Falou qualquer coisa com ela e chamou Luís Viegas. O cheiro de óleo de lancha nauseou o conviva, nunca entrara ali, mas valia a pena, conversaria com ela — se tivesse palavras. O silêncio ficou incômodo quando Adelino comentou com Júlia sobre uma nova casa de samba numa pensão da Rua da Carioca. Seu preferido, de longe, era Nelson Cavaquinho — que acompanhava há anos pelos pés-sujos da Lapa, da Penha, da Praça Mauá, até mesmo em biroscas de favelas — e fora contratado por aquele novo bar, Nelson Cavaquinho não é melhor que Cartola, disse Júlia, Não é melhor, é muito melhor, garantiu Adelino, Ismael, Elton, Zé Kéti, Paulinho tomam benção a ele, Menos Ismael, cortou a moça, Cavaquinho não tem a dimensão de Ismael. Ele cantarolou *Se eu precisar algum dia de ir pro batente não sei o que será...* Luís nunca vira o Sinistro — como o chamavam pelas costas — tão falador, seus olhos se abriam e, logo, fazia dupla com Júlia, *Tire o seu sorriso do caminho...* Luís cometeu, então, a primeira das muitas gafes naquele mundo novo, perguntou, Pra que time vocês torcem? O Sinistro não considerou a pergunta, terminara o almoço para ele. Júlia tomou o refresco e, já de pé, Que tem o time a ver com as calças?, sou vascaína.

Luís compreendeu não existir qualquer ponte entre ele e os dois amigos — se lembrou de *O conviva recusado*, de Richard Aldington, que lera recentemente. Seria sempre o de fora, o extemporâneo, o da palavra errada no lugar errado. Aquela noite não foi à tabacaria encontrar os confrades. Estacionou na Praça Tiradentes e procurou de sobrado em sobrado pelo bar do Cartola. Um casal, que procurava também, atravessou a rua para lhe dizer que haviam se enganado de dia, o Cartola abria somente às quartas e sextas. Convidou-os, então, para um chope no Bar Luís. Ela era professora de escola normal, ele proprietário de um sebo da Rua da Alfândega. Beijavam-se a todo pretexto e, ao saber que Luís Viegas não passava de calouro em História, deixaram de lhe dar atenção. Ele pagou a conta, sem o menor protesto do casal, se despediu, disfarçando o humor. Pegou o dodge, sob a admiração do guardador, e entrou na Avenida Chile, recém-aberta. No Largo da Lapa havia, como sempre, botequins com mendigos e putas na calçada, resistiu à vontade de parar e beber, pensou no carro, seria assaltado ao estacionar ou sair. Não viria mais à cidade com um carro que custava vinte vezes mais que um fusca saído da fábrica. Na Praia do Flamengo, pouco adiante do prédio da UNE, ainda iluminado e barulhento, parou por uma prostituta de meia-idade, discreta, agasalhada, de salto baixo, diferente das outras, a levou até uma rua sem luz. Já perto de casa, achou uma farmácia aberta e engoliu três novalginas.

Dia seguinte, que era sexta, não foi à faculdade. O *kassler* com chucrute e três chopes, engolidos em presença do casal — ele era fraco para bebida — e o final da noite o deixaram péssimo. Pegara no sono às seis horas, se levantou às quinze. Folheou umas revistas, pediu o almoço na piscina que, reclamou do mordomo no seu jeito manso, não lhe parecia tão limpa, ouvindo dele, Esta noite, alguém forçou a porta da garagem, doutor, está completamente amassada do lado direito, aliás, o dogue — não havia jeito de ele dizer dodge — também apresenta um pequeno amasso no para-choque. Luís Viegas teve um acesso de ternura pelo homem de cabeça branca, Fui eu, Cristóvão, não se preocupe, vá almoçar.

Passou na tabacaria, tomou dois uísques com água, recusou convite para jantar, atento ao relógio. Largaria o carro em casa e iria ao Zicartola de táxi? E se precisasse levá-la em casa? O carro luxuoso era seu poder e fraqueza. Deixou-o no estacionamento para sócios do Jóquei, na Avenida Rio Branco, foi a pé à Carioca.

Era um sobrado de degraus rangentes que, no segundo andar, se abria numa sala de uns setenta metros quadrados. Ao fundo um balcão onde se pegavam bebidas, se pedia qualquer dos cinco pratos do cardápio — galinha ao molho pardo, rabada com agrião, lombo assado com batatas coradas e feijoada ou o sucesso da velha culinária carioca, boi ralado com pingue-pongue, arroz, carne moída e dois ovos. A caixa registradora era ao lado do corredor que levava à cozinha e aos banheiros. Era cedo, um garoto claro, quase ruivo, dedilhava ao violão. O garçom que veio atendê-lo tinha um nariz horrível, grosso, esponjoso. Diziam que o Zicartola enchia depois de 22 horas, quando os dois ventiladores de pé sequer amenizavam a calorama, não sobrava mesa ou cadeira, mais gente em pé que sentada.

Não, Júlia não apareceu, mas quando um velho de cabelos branco-amarelados surgiu com um violão no topo da escada, reconheceu o Sinistro na comitiva. Até depois da meia-noite — o Zicartola continuava, incrivelmente, a encher —, tinham cantado uns dez sambistas, sempre acompanhados de violão, pandeiro e cavaquinho, quando Nelson se levantou, engoliu o resto de cachaça e, com o instrumento na vertical no ombro esquerdo, atendeu ao público calado, religioso, *Sei que amanhã, quando eu morrer, os meus amigos vão dizer que eu tinha um bom coração...* Pela primeira vez, levantando o polegar, o Sinistro olhou para Luís Viegas, *Mas depois que o tempo passar sei que ninguém vai se lembrar que eu fui embora...*

MATA HARI

Luís Viegas nunca perdera tanto tempo atrás de uma mulher. Em seis meses não saíra da estaca zero. Não existia para ela. E se a provocasse? Faria uma tentativa final. Um professor exigira a leitura de *História do Brasil*, de sua própria autoria, pesado e caro. Só valia a edição atual, a décima segunda, com acréscimos e comentários sobre membros da família real, em que, aliás, ele entrara por meio de um casamento faustuoso na capela imperial da Nossa Senhora do Carmo. Apolo Vidal se fazia personagem de suas lições, falava de dom Pedro como um *mane* de sua vivenda no Alto da Gávea. No mesmo dia, Luís comprou o livro, mandou enfiá-lo numa caixa coberta de arabescos em papel de seda — a relação com o conteúdo do livro era remota, mas a caixa era linda — e esperou a festa tradicional da professora Marghareta, a encarnação manauara de Mata Hari.

Era uma jantar dançante anual famoso, oferecido às turmas novas, organizado por Manolo, o

Matusalém, aluno há quase dez anos, cuja ciência consistia em burlar os estatutos da universidade. Era assistente informal de vários professores — organizava, por exemplo, para o professor de grego, um *pot-pourri* de Sófocles, aula-espetáculo na escadaria monumental do Ministério da Fazenda, dentro do horário do expediente, os alunos da matéria vestidos de clâmides e sandálias greco-paraibanas. Os que viam a coisa como ridícula iam além, espalhando que o professor, ele, sim, o verdadeiro Matusalém, era amante de Manolo, que, olhando de cima, fazia o aristocrata em meio ao que chamava de plebe, com tanta graça que soava carinhoso. Era, em suma, um debochado elegante, de direita, capaz de se embriagar abraçado com os debochados de esquerda. Falava da beleza de Júlia a meio mundo, garantia que na Europa enriqueceria fácil como modelo, e exigiu da professora Marghareta que a convidasse pessoalmente. Júlia confirmou presença e Luís Viegas planejou lhe entregar o presente na festa.

Choveu à tarde, suavizando a noite quente. O apartamento de Marghareta, de frente para a Lagoa, queria ser luxuoso na sala em que sobravam mesinhas atufadas de taças e miçangas de Murano, óleos enormes, uma cópia de *As três graças*, de Rafaello (e só quem as conhecesse saberia por que Manolo apelidara Marghareta de Aglaia), vasos chineses sob espelhos compridos, duas santas peruanas, uma galeria de ícones russos, avariados artificialmente. Numa sala menor se recolhia a arte do Norte — não do Nordeste, esclarecia, jogando para trás a cabeleira negra conhecida de toda a universidade —, cerâmicas marajoara, tapajônica, maracá, de icoaraci, vasos de gargalho, de cariátides, uma estante de cachimbos, redes de palha, bancos decorados, pulseiras em capim dourado, diademas de plumas. Quem passasse a selva de mau-gosto era levado ao fundo da galeria para a última atração, velada de renda, um esqueleto de criança baloiçando de leve numa rede de mutum. O bufê era também nortista — Manolo tentava, há tempos, convencê-la a montar um restaurante amazonense, do qual seria o *chef*. Os drinques de qualidade acotovelados com aguardentes de cabeça recomendadas, pessoalmente, uma a uma, pela professora ou pelo *maître*. Quando o apartamento encheu, Manolo circulava com uma garrafa de Pernod no sovaco — era a única bebida que tomava — e impediu uma colega de tocar os Beatles, a grande novidade, avisando, a boca mole, a face mole, tudo nele amolecia de repente, que "em nossa festa, só música francesa e a Internacional". E fez tocar pela enésima vez o *Ce serait dommage*, de Sacha Distel. Permitiu, depois da meia-noite, o Dick Farney, o Billy Blanco, o Vinícius e Carlinhos Lyra. Júlia e Berenice começaram a se despedir, Luís Viegas, que dançara só com elas, tirou de um canto o presente. Júlia mostrava pressa, abriu, exibiu o exemplar sofisticado, beijou o homem que tudo faria por ela, mas recusou a carona, o irmão de Berenice viera buscá-las. Na tarde do domingo, Manolo ligou para dizer ao colega que o presente de Júlia fora esquecido sobre a mesa do *hall*.

Na segunda-feira, ele a esperou no saguão. Lhe deu pela segunda vez o presente, ela se confessou cabeça de vento, não pensasse em desfeita, saíram voando, perto do Méier é que se dera conta etc. Quinta era sete de setembro, já se previa o enforcamento geral, ele a convidou para um almoço em casa na sexta ou sábado, como fosse melhor, podia trazer Berenice e o irmão. Quinta à noite ela lhe telefonou da Bahia, aproveitara uma promoção de três dias num hotel do Jardim de Alah com movimentados passeios e *shows* que lhe contaria na volta, Desculpe Luís, apareceu na quinta de manhã, um amigo...

Você então não está só?, Não, querido, imagine se Bahia é programa pra uma mulher sozinha, E com quem?, ia perguntar ele, Te conto na volta, não fique aborrecido, foi de repente, Está se divertindo? (a pergunta saiu como um berro), Estou, falando com você de uma rede na varanda, tchau.

GABI

Os termômetros se aproximavam dos trinta graus naquele meio-dia de setembro. Entre mergulhos na piscina e goles de *bloody mary*, Luís esperava uma amiga para almoçar. O mordomo avisou que a senhorita chegara. Não era quem esperava. Antes de se desfazer o equívoco, uma garota queimada de sol, cabelos soltos, saia colorida até os pés, pulseiras e colares, já o abraçava e beijava. Reconheceu-a sob o figurino *hippie*, mas demorou em lembrar seu nome. Gabi, a patricinha de Mendoza! Fora sua namorada quando tinham vinte anos, ele a esquecera como se esquece uma travessura infantil. Na manhã em que Luís voltaria ao Brasil, ela o esperara na escada do hotel, pediu para ser seu primeiro homem ali entre os degraus gelados. Foi, para os dois, apesar da experiência dele, incômodo e insosso.

Gabi era mais bonita agora, de uma beleza simétrica, corada, pelos doirados nos braços, peitos começando a arredondar sob a bata indiana e os colares de sementes. Os olhos de amêndoa, esmeralda, num rosto muito branco, bochechas rosadas, revelavam sua origem. O pai era japonês, vinicultor em Mendoza, depois de chegar ao limite produtivo em São Paulo — assim ele explicava, socialmente, a mudança para a Argentina. Casara com Hilde, filha de alemães remediados, ao concluírem o curso de Agronomia em Ribeirão Preto. Gabriela era filha única de Hilde e Hishiro.

Não desagradou a Luís vê-la, ainda mais que Gabi estava de passagem para Arembepe, de encontro marcado com amigos em Salvador, dois argentinos, quatro americanas e um peruano, Quanto tempo ficas no Rio? O tempo de retirar o que mamãe depositou no City Bank, Fica aqui em casa, ofereceu Luís. Ela relutou, daria trabalho, a casa era luxuosa, não comia mais carne vermelha, só se alimentava do que plantasse com as próprias mãos, Mas não vou fazer desfeita — consertou no seu jeito sedutor de boneca que fala e sorri — iria se informar de lojas naturais, compraria umas coisinhas e voltava mais tarde, afinal fomos quase noivos, tivemos até uma aliança — e mostrou a dela, de ouro, apertada entre anéis vagabundos.

Luís Viegas nunca se tornaria um *hippie*. Era indiferente às vibrações daquele mundo, mesmo na idade dos rompimentos, a luta violenta entre ser indivíduo e ser grupo não lhe tirou uma só noite de sono. Aos vinte anos, num tempo em que o desejo de todos e de tudo era ser jovem, desprezava a juventude, ou talvez lhe tivesse medo. Para que viajar, se sob qualquer paisagem seria ele mesmo? Conhecer outras gentes... Se sentia saciado com as que conhecia no tênis, na tabacaria, na faculdade, na fraternidade zen, na *garçonnière* do Humaitá. O máximo de velocidade que apreciava era um pega na Grajaú-Jacarepaguá, na Rio-Petrópolis, com esticadas, se acompanhado, a Correias, onde a família tinha uma casa esquecida.

***

Gabriela Helmut Nagami se desencontrou dos amigos em Salvador. Era um sinal não sabia do quê, mas fez o óbvio para uma menina rica, buscou um táxi para Arembepe. Havia três carros no ponto, nenhum aceitou levá-la. Um rapaz em pé acompanhou a recusa com um riso malicioso, Eles estão cansados, sabe de quê, ripinha, de descansar, venha mais eu — e levantando a mochila da moça — atravessou a praça como se fossem velhos amigos, Venha, eu lhe levo. O táxi era velho como os outros, seu condutor, para qualquer polícia do mundo, seria um suspeito. Partiram. Gabi falava muito, Valdir pouco, informando por onde passavam apenas quando ela perguntava. Eram informações parecidas com ele, sólidas, sem floreios. Gabriela pensou que pela primeira vez na vida conhecia um sertanejo. A idade era indefinida, talvez uns anos mais velho que ela. Deu conta, ao passarem num trecho sem vivalma, que nunca estivera só com um homem daquele tipo, lhe sentia o cheiro e, por um momento, achou que errara ao sentar na frente. A situação era de mau romance ou de *Grande Hotel*, em que os próprios desenhos pudicos sugeriam a presença de sexo. Estava excitada e, ao perguntar pelo nome de uma vila, pôs a mão na sua coxa. Valdir, sem responder, abriu a braguilha e trouxe sua mão. Em meia hora entravam em Arembepe, avistaram no extremo da praia umas roças, um forno largando fumaça. Gabi tirava o dinheiro da bolsinha de crochê, ele a encarou e disse as palavras que os dois esperavam, Fico com você.

***

Tinham quatro anos e meio na comunidade e dois filhos. Valdir, que chamavam de Borô, não quisera aprender a ler, reencontrado com sua raiz de lavrador. Não era o único, mas só ele era *do mato, como* a cobra *e o leão*, levava o filho mais velho no pescoço, sentava-o com uns pedaços de madeira e barro para se distrair enquanto ele amanhava a terra como se nunca fizera outra coisa. Feliz com suas crias, enquanto o Chevrolet, agora de pneus arriados, plantas se enfiando pela janela, ficara para sempre esquecido. Quanto à mulher, mais vistosa que antes, morena de sol e maresia, duas mudas de roupa, uma sandália de dedo, unhas e calcanhares pretos, uma túnica coberta de bótons, entranhada do cheiro de diamba, cujos melhores momentos eram as viagens de LSD, parecia cansada. Morria de medo de raios e trovões ameaçando fender as árvores seculares, atarantando os guarás, acuando gatos selvagens, desentocando caranguejeiras. Valdir e outros homens faziam gracejos, imitavam silvos de cobras, as mulheres calavam, Gabi chorava baixinho, o raio explodia ali perto, ela enfiava o rosto na saia, era a única vez que brigavam, Volta pra Salvador, provocava ele, É a natureza, respondia ela, não somos nada, nada, Não se foge da natureza, camará, encerrava Valdir, tranquilo. Um dia em que olhavam o céu estreladíssimo, eles e outros casais, ela começou a chorar, Valdir, tive a sensação de profundidade do mundo, estrelas além de estrelas, Que novidade comentou o homem. Fora a Salvador, naqueles anos, quatro vezes, retirar dinheiro enviado pela família. Valdir não a levou, não suportava mais a cidade, confessava com a ternura rude que era a sua. Num dos retornos, ele a esperou no ponto final do ônibus, cinco quilômetros ao sul da comunidade. Geralmente se comunicavam sem palavras, mas dessa vez, tão logo começaram a andar, ela o segurou pela mão, Valdir, vou embora de Arembepe. Duzentos metros adiante, ele perguntou, Vai um tempo ou vai de vez? Vou dar um tempo, preciso consultar uma ginecologista, você é testemunha de minhas dores, meus dentes estão caindo. Depois de acender um baseado, que primeiro passou à mulher, ele ainda demorou a dizer, Tem razão, você é diferente, nunca precisei de médico na minha vida, quanto tempo você levará? Uns seis meses, Hã, hã, não vou dizer que é pouco, quando voltar não vai nem reconhecer as crianças, Valdir, eu queria levar elas. Saía da cachoeira um paulista que chamavam de Sandália, por trazê-las sempre nas mãos. Valdir o olhou de tal forma que o outro cumprimentou e se enfiou no mato, Veja lá, as crianças são meus filhos e não vão sair daqui, nem pensar, outra coisa, o principal, você fez um pacto de fidelidade em nosso casamento e vai cumprir, Não se preocupe, você me conhece, mas me deixe levar pelo menos o Holden, eu volto. Ele não respondeu, caiu num silêncio de dias. Uma madrugada, depois que se amaram e ele dormiu, Gabi fugiu com os dois meninos.

Ninguém o ouviu reclamar. A comunidade se dividiu, a maioria condenando o sequestro. Os pais de Gabi tinham voltado a morar em São Paulo, a receberam como se, exceto pelos netos, nunca tivesse saído de casa. Com os olhos verdes, o inglês e o alemão fluentes, ganhou o emprego de primeira secretária de uma multinacional. Pediu a amigos e conhecidos sigilo sobre o endereço de casa e o nome da empresa. Voltara para sempre da viagem. Vestia-se caro, o bom gosto natural do círculo que passou a frequentar. Acompanhou os chefes duas vezes aos Estados Unidos, diversas ao Chile e à Argentina.

***

Antes que a garagem automática fechasse atrás de si, Luís estremeceu de medo. Um sujeito entrara com ele e batia nervoso na janela do Opala, Calma, conseguiu dizer, sem violência, sem violência, vou saltar. O homem agora estava visível da cabeça aos pés, Luís se fixou nas suas mãos nuas. Devia ter uma faca no bolso, o que lhe daria uma chance de correr se fosse atacado. Para onde? Podia conversar. Era um mulato bem-feito de corpo, forte e harmonioso, Você não me conhece, não sou bandido, Logo vi, Luís vencera o pânico, Sou Valdir, marido de Gabi, Não me lembro quem é, amigo, Gabi, que foi sua noiva, E onde está ela, aconteceu alguma coisa em que eu possa ajudar?, vamos entrar, apareceu o Luís Viegas educado, dominador, indicando a escada que os levaria ao interior da casa, Não, não, disse o rapaz — Luís o observou melhor, nem alto nem baixo, um dente de ouro, um homem agradável. Valdir se encostou no Opala e, correndo a mão pela cara, como se tirasse uma máscara de horror, falou com nitidez, Fiz uma coisa horrível e venho lhe pedir que me acompanhe à delegacia para confessar, Por que me escolheu?, não o conheço, não sou seu amigo, É que você era a única pessoa a quem ela pediria ajuda numa tragédia dessas, Que houve com Gabi?, dependendo do que aconteceu posso acompanhá-lo, não confio em você, aliás, estou com medo, muito medo, diga logo o que aconteceu com Gabi, deve estar viva já que lhe deu meu endereço.

***

Valdir se acalmara, mas Luís sentia a fronte estalar. Errou a direção da delegacia, Como sabe que fui namorado de Gabi, quem lhe deu meu endereço, o que você fez para me procurar de madrugada? O homem não se dignou a responder, enfiou a mão no bolso, Matei Gabi com isto. Era uma faca curta, pouco mais de um palmo, ensanguentada. Luís parou o carro, Desça, você é um assassino, É por isso que estamos indo para a delegacia, E por que não foi sozinho? você é um monstro, não me envolva no que fez. O corpo de Valdir estremeceu, uma, duas vezes, se aquietou, Se não obrigasse alguém a me trazer, acho que não vinha. O carro avançou dois sinais vermelhos, Quer que eu dirija?, fez o assassino, sou motorista profissional. Luís não sabia o que sentir, taquicardia, enjoo. O corpo de Gabi furado, se curvando num gesto de defesa, Onde foi?, conseguiu perguntar, Peguei o endereço da casa da mãe, me identifiquei pelo interfone, mandei que descesse ou ia esperar até ela descer pro trabalho, traga os meninos, tenho o endereço do colégio. Gabi pediu pra eu esquecer as crianças, desceu à portaria, abriu — Valdir parecia falar a um repórter policial —, pediu que a gente discutisse na garagem, ela foi honesta, me contou, pra encurtar, que namorava um cara, Qual a profissão dele?, exigi, Agora nada mais interessa, Arembepe foi uma viagem de garota, vou casar, ele é diretor da Lockhard, vá embora, Como vá embora? vim buscar meus filhos, Estamos em outra, aquilo acabou, Aquilo são meus filhos e temos um pacto de fidelidade, você rompeu sem me falar, não aceito, Não aceita como, Valdir? a brincadeira acabou, recomece sua vida, eu já recomecei a minha, Mas tínhamos um pacto de fidelidade, lembrei a ela várias vezes, aí ela chamou o porteiro pra fazer alguma coisa, me convencer a sair, chamar a polícia... Pensei rápido. Matei ela, acabou. Outro estremeção sacudiu o homem no banco do carro, talvez fosse chorar. Estacionaram na esquina da delegacia. Luís não saiu logo, Olha, Valdir, sinto ódio de você, não imagina quanto, tirou a vida de uma mulher com quem você tem dois filhos, não pensou neles, por um pacto numa aldeia de *hippies*, porra, deviam ter o pote cheio de ácido, cachaça, tudo quanto é droga, agora me mete nisso porque fui noivo de Gabi, vá se foder, não sabe o que custou trazer você aqui, essa faca... Sai, sai, a delegacia é ali. Valdir não se moveu, começou a chorar, Luís observou outra vez a cabeça bem-feita, talvez quarenta anos, Se você não entrar comigo, vou fugir, sumo no mundo, entre, não lhe custa nada.

MANGARATIBA

Era fácil imaginar por que Júlia não ia ao Zicartola. Os ônibus para Rocha Miranda trafegavam com regularidade só até vinte e duas horas, o trem ficava perigoso para uma mulher mas, quem sabe, a sua timidez suburbana, um sentido de território — aquele não era o seu — explique melhor. Tio Magno, entusiasmado por aqueles dias com a edição do Plano Trienal, ao ver o interesse de Luís pela moça pobre, achou a expressão para definir o caso: Luís também se convertera ao nacional-desenvolvimentismo. O subúrbio era a cena de Júlia, nela se inscreviam seu gosto, sua desconfiança de classe, seu orgulho de ser bonita, inteligente, universitária. Dificilmente Luís cruzaria com ela no Zicartola, mas também não na torcida organizada de Vasco ou Flamengo, embora ocasionalmente Júlia fosse ao estádio com o irmão e um amigo. O irmão sabia que uma mulher daquelas numa multidão era briga na certa. Zé Paulo não tinha razão, a beleza de Júlia chamava a atenção de homens — e mulheres — brancos de classe média, principalmente estrangeiros, mas nunca, ou quase nunca, de pretos como eles. A defesa de Júlia era a certeza de não corresponder à obsessão do macho pobre pela boazuda. Era discreta, leve, imponderável, não se pintava, alisava o cabelo em casa, falava um tanto rouco, sempre um tom abaixo do interlocutor. Quando ria, sim, era alto, casquilhado, os lábios pareciam ganhar volume lembrando a Sofia Loren de *Arroz amargo*.

Dezenas de vezes, Luís Viegas jurou sair da vida de Júlia. Mas voltou a ficar ao seu lado no penúltimo dia do ano. Os formandos de Jornalismo convidaram o governador Carlos Lacerda para seu paraninfo. Em equipes, sabendo onde se reagrupar em caso de repressão, telefones de advogados, lenços molhados antigases, os estudantes de esquerda, que eram quase todos, fizeram uma barreira impedindo a entrada do "Corvo da Lavradio" — o apelido vinha do endereço de *A Tribuna da Imprensa*. A polícia rompeu a barreira, o governador ganhou a parada, mas a presença de uma tropa do Exército, mandada pelo presidente, impediu a truculência.

***

Lembrando bem, não era a primeira vez que Luís Viegas ultrapassava o Méier. A maior parte das vezes, fez isso como passageiro do trem para São Paulo, o noturno de prata, engolindo estações, enquanto no carro-restaurante ele bebia e conversava com alguém — uma amante, um amigo, um executivo boquirroto de volta para casa — ou lia um romance policial até chegar o sono. Não tinha curiosidade em olhar para fora. Duas vezes, também, levara Júlia em casa, sete estações além do Méier, atravessando para o lado direito da linha férrea e retornando em seguida, sem lógica, ao lado esquerdo, por um viaduto. Da segunda vez, ela o convidara a tomar um café, lhe conheceu a mãe, o irmão e um sobrinho de seus oito anos. O pai não saiu do quarto, emitia de lá umas frases iradas, uns resmungos de doente da cabeça, terá sentido o cheiro de café e reclamou que até isso lhe negavam, a família discutiu, O problema é que depois ele quer fumar, disse a mãe, E daí, secundou Júlia, e baixando a voz, está pra morrer. Havia, contudo, nesse instantâneo de família suburbana, uma piedade desconhecida e terna que Luís Viegas, filho único e órfão de mãe, não conhecera.

Eis o apaixonado, num domingo colorido de sol, viajando para passar o dia em Mangaratiba com sua amada. Passar o dia, ouvira bem o convite. Incluiria a apresentação aos parentes, "Meu namorado, Luís Viegas", mudaria de roupa, depois um banho de mar, onde exibiria seu talento de nadador, caminhariam até a cachoeira, falando tolices, contemplariam o pôr do sol sangrento e anônimo, terminariam em uma roda de violão na areia fresca... ou passar o dia era um eufemismo para um simples almoço? "Você pode pegar o trem das 9, na Central, e voltar no das 17, ou 18." Viajava ansioso. E se no final das apresentações, se aproximasse um rapaz, "E esse, Luís, é meu namorado, Alberto das Quantas, e esse, Alberto, é Luís Viegas, meu colega de faculdade", comunicaria Júlia, apoiando a cabeça no peito do intruso.

Quando desceu em Mangaratiba, o céu escureceu. Luís se vestira de calça e camisa de linho, tênis branco com calcanhar cinzento, óculos raibam, uma capanga de couro atanadinho. Não passava de uma nuvem, o domingo estava radiante. Tomou um lotação até a casa baixa, quadrada, cercada em toda a volta por uma varanda sombreada. Não havia o jardim que imaginara, o quintal era extensão da areia escura da praia, três ou quatro arbustos que pensou serem limoeiros. Teve a impressão também de ver galinhas e um peru ciscando. Júlia, avisada pelas crianças, surgiu festiva na porta. Nunca esqueceria, ela o beijou pela primeira vez, lhe pegou a mão, o apresentou com visível felicidade a um número de parentes que a Luís pareceu incontável, Meu colega de faculdade. Vestiam *shorts* e maiôs, mesmo a fornida senhora mãe de Júlia e uma tia — madrinha, prima, vizinha? O chão era cimentado, sugeriram a Luís ficar descalço e vestir um *short* emprestado, mas trouxera o seu. Júlia lhe mostrou um quarto, Põe lá tua roupa, não faça cerimônia, e voltaram todos ao que faziam antes — requebrar a um samba altíssimo que fazia tremer a vitrola, beber cerveja, espremer limão para a batida, cortar com facão uma manta de carne-seca que chamavam belisco, fritar uma linguiça fina, cheirosa, enquanto a um canto da comprida mesa de cavalete duas mulheres picavam o tempero para a feijoada esperando em grandes panelas. Mal Luís saiu do quarto lhe pediram ajudar a cortar a cebola e o tomate da salada. Não passou pela cabeça de ninguém se fizera isso alguma vez. Júlia saíra para receber uma amiga chegada no mesmo trem, Berenice — e ele descobriu, amuado, ao vê-la entrar, daí a pouco, que não era o único conviva da faculdade. Luís se abasteceu de uma batida fortíssima, tomou o facão como um bravo a fim de mostrar quem era, recebeu a tábua e a bacia, desprezou a primeira. Corto direto na bacia. Começou errado, partindo a cebola no meio para depois fatiar as duas metades, não demorou a chorar, É mais difícil, explicou Zé Paulo, irmão de Júlia, vou te mostrar. E, para não desautorizá-lo completamente, lhe preencheu o copo e cortou uma nova cebola na bacia, em fatias finas e seguras. Luís fez como o outro. Nunca se sentira assim, a mulher que queria a dois passos num domingo em Mangaratiba, um aquário em que o consideravam peixe como os demais, um teste para entrar no mundo de Júlia, a primeira prova do seu perene amor. Chegou a vez dos tomates. A mão esquerda, a que segurava o fruto, fatiado de qualquer jeito, coberta pela massa vermelha amolecida, começou a incomodá-lo. Cortava com raiva e orgulho. Berenice pediu que deixasse com ela, não era assim, a cada rodela de cebola correspondia uma de tomate, fosse à birosca da praia pegar cervejas, junto com os rapazes. Ela estranhou o vermelho vivo da bacia, afastou alguns tomates com a faca, Deixa eu ver tua mão, Luís. Só agora ele sentia uma ardência perto do polegar esquerdo, É sangue!, gritou Berenice. A tia lhe encheu a mão de gelo picado, Aperte, aperte, envolveram a mão do ferido em uma toalha engordurada, Vamos levá-lo ao posto, comandou Júlia, o chevrolé do irmão encostou na varanda, levou quatro pontos, sem reclamar, e vacina antitetânica. Nada saíra como imaginado, mas era o herói do dia. Deixaram-no na varanda, com a recomendação de desligar o fogo quando a feijoada — quatro panelões de barro — estivesse no ponto. Também ninguém lhe perguntou se em alguma vida vigiara essa ou a porra de qualquer comida. Com a mão para cima, começando a latejar, como se saudasse a própria sorte, via dali a família mergulhando, as boias pretas das crianças, a linha de passe dos rapazes. Júlia acenou ao sair da água, e todo o arrependimento de ter saído de casa naquele domingo de fevereiro sumiu. Daí a pouco Berenice veio socorrê-lo, era a única que lhe dava atenção especial, sabia que era um pobre menino rico.

No trem de volta, vendo descer a noite sobre os trilhos, acinzentarem-se as amendoeiras das praças de estação, todas iguais, desamparadas, velhas, teve pena da pessoa que se chamava Luís Viegas.

O que é o amor? Certamente não era isso. Sentira parecido no colégio, mas era a primeira Júlia da sua vida. "Não saí da adolescência, enquanto ela existir não sairei. É fácil demais a distinção entre paixão e amor. Não, certamente não amo. Estou seduzido" — a mão latejava, as costas coçavam. Só se ama, é verdade, depois de muito tempo, e amado também. Aborrecimento. Pauleira. "Quem não foi ridículo, como eu, me arriscando a perder a mão?" *Solamente una vez, youwherealwaysonmymind, amé en la vida.*

***

Todo analista, ou palpiteiro, ao se debruçar sobre o golpe de 1964, tem a impressão de ver um carro que acelera na curva. Enquanto uns torciam para que ele virasse e morressem os desordeiros que o pilotavam, outros, os que torciam por eles cá de fora, sinceros ou fingidos, desconfiavam que acelerar, quando o senso comum mandava frear, era a única forma de se salvarem. Os desordeiros e sua torcida eram muitíssimo menos do que se temia. Na verdade, eram poucos, magnificados por trabalhistas, reformistas, socialistas, nacionalistas, católicos progressistas, social-democratas, populistas, getulistas, prestistas, brizolistas, governistas, oportunistas, liberais que torciam pelas Reformas de Base, começando pela agrária. O piloto do carro, ele próprio, não era comunista, mas procedia há pelo menos dois meses como se tivesse decidido — e não é esse um dos menores enigmas do golpe civil-militar de 1964 — acelerar o trem. Os comunistas eram poucos, mas barulhentos e relativamente organizados — sempre em comparação com outros "istas". Isso, porém, não era tudo. Eles tinham má fama desde 1935, quando convenceram Moscou, ou foram convencidos, de que soara a hora da revolução no país. Em nome do proletariado, militares, mais ou menos comunistas, tomaram Natal e alguns quartéis no Rio. Perderam com a gafe o prestígio que vinham angariando desde 1922. Desse jeito é que prevaleceu no senso comum, a ideia de que o golpe salvou o país do comunismo uma segunda vez.

Naqueles anos em que Luís Viegas conheceu e amou Júlia, os comunistas pensavam que a história lhes estava dando, tão dedicados à luta em prol dos condenados da terra, uma nova chance. No último momento, os mais sensatos viram que era, de novo, um engano, mas o carro tinha entrado, por Lênin!, na curva, se freassem capotaria, se acelerassem ficaria, ao menos, em duas rodas para se reequilibrar adiante.

Na noite de 13 de março, enquanto a cidade politizada fervia, Luís tomava Veuve Clicquot e fumava, com o tio, um bolívar belicoso fino no Alves da Tabacaria. O comício da Central, em que Goulart dava o pontapé inicial da reforma agrária, afogado em faixas e cartazes — JANGO! PEDIMOS CADEIA PARA OS EXPLORADORES DO POVO, ESTÁ NA HORA DO MONOPÓLIO INTEGRAL PARA A PETROBRAS, ABAIXO COM O LATIFÚNDIO E OS TRUSTES, LEGALIDADE PARA O PARTIDO COMUNISTA —, não entrou uma vez sequer na conversa daqueles boas-vidas. Apenas na tranquilidade sem jaça de um comércio honesto e distinto, o Alves, que ouvira o jornal da noite, e acreditava na malignidade essencial do marxismo, sentia leve incômodo — de vez em quando mexia os dedos da mão direita como se atirasse fora um anel inexistente.

Por volta das 18 horas, saíra uma passeata da Filosofia, exibindo a faixa REFORMA UNIVERSITÁRIA JÁ! Luís preferiu ir para casa, magoado por Júlia não o ter chamado pessoalmente. Viu-a na primeira fila, de braços dados com Berenice, à direita, e com um certo João Novais, instantaneamente elevado à categoria de rival, à esquerda. Se nesse momento ela se virasse para ele na calçada, Vem,

Luís, vem, me dá o braço aqui, teria ido ao inferno por uma vereda de brasas. Se sentiu injustiçado e burro. No dia seguinte abriu os jornais, desprezou as manchetes tonitruantes, buscou Júlia nas fotos, podia ser ela a mulher sob a faixa PETROLEIROS PELA LIBERTAÇÃO DO BRASIL.

No outro dia encontrou a Filosofia deserta. À tarde, o pároco da Santa Margarida e duas senhoras do bairro vieram lhe pedir auxílio em dinheiro para a Marcha com Deus e a Família contra o Comunismo. A sociedade carioca fora ofendida pelo comício petebo-comunista em frente ao Ministério da Guerra. A mais jovem, pintadíssima, vistosa, arregalava os olhos e tapava a boca para informar, Fumavam maconha abertamente, acredite o senhor. Pediram ainda que estendesse uma faixa no segundo andar do solar, podia proclamar o que quisesse, mas não deviam faltar as palavras democracia, família, Deus.

Fixado em Júlia, Luís Viegas não percebia a tempestade se aproximar. Não era só ele. Muitas criaturas politizadas, que viam o mundo nada mais que pelos jornais e reuniões partidárias, também não a perceberam, Tomavam a nuvem por Juno, como concluiu o professor Avelar no escuro do camburão que o levava ao DOPS, ou submetiam a realidade ao leito de Procusto — esticavam o corpo da crise se fosse menor, amputavam-na se fosse maior. No dia 30 de março, o presidente foi ao salão do Automóvel Clube receber homenagem da Associação de Sargentos da Guanabara. Na mesma noite, o diretório da Filosofia exibia, seguido de debate, o clássico *O encouraçado Potemkim*, de Eisenstein, sobre a revolta de marinheiros em Kiev, 1905. Luís se sentou ao lado de Júlia, nas primeiras filas. Terminado o filme, perto das 21, falou um líder da esquerda católica, "Desejamos que em breve aconteça aqui o que vimos neste maravilhoso filme." Luís imaginou o absurdo de uma rebelião em um encouraçado brasileiro, a guerra civil, o triunfo dos comunistas, a separação de Júlia... Não entendeu a rapidez com que se esvaziou o salão, é que o Bar e Café Flor do Minho, antigo La Philosophie, retransmitia o corajoso discurso do presidente no Automóvel Club. Fazia uma noite de calor e os estudantes se aglomeravam no Bob's, do outro lado da rua, que também transmitia o discurso. Júlia sentara nas escadarias da faculdade, mas Luís se afastou assim que viu um rapaz desconhecido lhe colocar o braço sobre os ombros. Quem era? Assistira ao filme ao seu lado e ele não notara. Sentia ter pouco tempo para conquistar Júlia (aliás, começava a desconfiar que ela fosse inconquistável). Não seria o convite para Mangaratiba um recado? "É só o que podemos ser, amigos *no más*, tenha juízo, pare de andar atrás de mim". Havia uma dúvida, "Você nunca me apresentou um namorado e, se é porque não tem, me considere ao menos um pretendente", "Pretendente é o que não me falta, de passagem, use outra palavra, é do tempo em que se amarrava cachorro com linguiça. Se contente com a afeição que tenho por você. Não, não é pena. É muito mais." O que queria dizer com muito mais? Aquela noite Luís Viegas começou a ter medo.

***

Gislene não era bonita ou feia, alta ou baixa, inteligente ou burra — embora em certas ocasiões se mostrasse deslumbrada com informações pueris. Não seriam seus deslumbramentos o toque da sua beleza? Embora professora primária, chegou à faculdade sem saber que Amazonas e Amazônia eram coisas diferentes. Seus olhos brilhavam a uma revelação como essa, agradecia com um sorriso de dentes quase perfeitos. Um colega do ano seguinte, Dirceu, a cativara desde a primeira vez, tinha-o como genial, elegante, aparecia em seus devaneios como um acadêmico inglês de *blazer* azul e gravata vermelha, apesar da pele fusca e a carapinha. A família estava mais para rica do que para pobre, sócios do Tijuca Tênis Club, onde celebrara seus quinze anos. Dirceu a esperava descer da aula para um café no Museu de Arte Moderna, sentia que com o namorado finalmente se desprendia da asa da mãe, nunca tomara café em casa. Ou iam à Livraria Francesa, onde descobriu que Dirceu era exímio ladrão de livros, confiscara a metade da coleção *Que sais-je?*. Não ultrapassaria essa linha.

O pai de Gislene, presidente da Ordem dos Advogados, seção Rio de Janeiro, trouxe ao Brasil o Dr. Okhan Bernard para uma conferência sobre o tema daquele ano, *São os direitos humanos universais?*. Queria o auditório cheio de jovens e, pedindo à filha divulgar o evento na faculdade, lhe deu a ocasião ansiada de apresentar o namorado. Gislene temeu a reação da mãe. Em todos os conflitos com ela, de que se lembrava, o pai ficara com a filha. Fora comunista na juventude, provando, aos seus olhos, que era bom e compreensivo. No coquetel que se seguiu à palestra, surgiu de mãos dadas com Dirceu, mas perdeu a coragem, É meu melhor amigo, pai, Dirceu, este é meu pai. Tímido, Dirceu foi abraçado por doutor Fagundes, Que tal a conferência, meu jovem, o homem deu um nó nos militantes teleguiados dos direitos humanos, hein, um nó. Como todo barrigudo, o pai de Gislene tinha hálito quente. Uma figura conhecida, o Filósofo, vencedor de concurso medieval de feiúra, se meteu, arreganhando os beiços com seu mantra irritante, "Propedeuticamente...". Hora de sair.

No sábado, Dirceu foi buscar Gislene para o cinema. Fagundes, de chinelo e pijama, sob protestos da mulher, lhe mostrou os recortes de jornal repercutindo a conferência. Dona Filhinha recebeu bem o rapaz, apreciava que a filha tivesse mais amigos que amigas. Com um mês, num intervalo maior da novela, preveniu o marido, É hora de acabar com isso, São apenas amigos, respondeu ele, Vamos dizer que sejam, pode virar coisa séria, O que você tem contra?, diga o que quer dizer de uma vez, O teu liberalismo estragou nosso filho, não permitirei que destrua Gislene, Está bem, o rapaz é mulato, mas não tenho cara pra rifá-lo, a democracia racial está no meu programa, Falarei eu, encerrou a mulher.

Mas sabiam que caberia a ele a empreitada. O porteiro avisou a Gislene que o pai pedira para subirem ela e o rapaz. Filhinha foi ouvir do corredor,

Fagundes, de camisa social, mocassins e relógio, serviu licor aos namorados, despachou a filha, O que quero te falar, Dirceu, é que te queremos bem, somos gratos pela atenção que tem dado a nossa Gislene, não sou racista, tenho amigos de toda cor, pretos, judeus, cearenses, mas observe a natureza, é pato com pata, elefante com elefante, formiga com formiga. Atordoado, Dirceu lhe estendeu a mão, Fique tranquilo, doutor Fagundes, não estou namorando com a Gislene, aliás, aliás — vacilava na conclusão da conversa — aliás, nunca pensamos nisso, tenho que ir, perco o último ônibus. Fagundes o levou à porta, Você compreende...

 Por duas semanas os namorados se sentiram conformados, Gislene prezava a experiência dos pais, Dirceu, surpreso e humilhado, se esforçou para esquecer. Ele morava numa república no Rio Comprido. Uma manhã, ao descer para o café, deu com Gislene e uma mala, Saí de casa, vim morar com você. Passou a manhã tentando convencê-la a voltar para casa, ora lhe passava a mão nos cabelos, ora lhe falava com raiva, Vai desgraçar sua vida e a minha, seu pai nos mata. Almoçaram na Praça Mauá, ele se encheu de repente de ternura e coragem, Vou te dar o endereço de uma amiga, você fica lá, ficamos noivos, mas não com você no meu quarto.

    Na segunda de manhã, Dirceu ia descer do lotação quando Manolo obstruiu a porta, Volta, cara, volta, ou vai ser preso. Explicou-lhe com clareza que a polícia e o pai da moça o esperavam na faculdade, sequestrara e violara a filha do presidente da OAB, com tanta sirigaita fora escolher a mais difícil, ele, o amigo de sempre e — agora paternal, a pálpebra tremelicando — se arriscara para salvá-lo, nem era a polícia de costumes, mas o DOPS, Tenho de negociar com o pobre pai, pra tua sorte não exige casamento, acabaria com tua vida, Não toquei um dedo em Gislene, Não me interessa o que fez com ela, tenho de salvar tua pele, E o que vamos propor ao velho? Primeiro, o que ele exige, que você mude do Rio, se comprometa, por documento em cartório, que nunca, nunca voltará a procurar a garota, Mas isso é fácil — se sentia o alívio de Dirceu — o problema é que estudo, tenho emprego e família no Rio, Então, disse Manolo, também já tinha pensado, você aceita desde que ele te dê uma espécie de indenização para você se instalar no Norte ou Nordeste, Ele vai aceitar? Não sabemos, mas vá que aceite, podemos contar com a família da Marghareta em Manaus.

CAVANI E NADIR

Ledo Cavani e Nadir eram velhos conhecidos dos passageiros. Na fila do lotação pareciam apenas amigos, ele alto, acendendo um cigarro no outro, ela baixa, cheiinha, risonha. Mal partia o lotação começavam a se agarrar no último banco — se a sorte da fila os pusesse em alturas diferentes, deixavam passar os detrás e esperavam. O veículo inteiro ouvia chupões, torneios de língua, carícias camufladas de seios, arsenal completo de amassos, causando vergonhas e excitações. Não eram discretos.

Nadir fugira do marido em Fortaleza — ele a prendia em casa e a surrava. Estranhara o Rio, o barulho, a multidão de carros, o calor noturno que a levava a abrir a geladeira para refrescar o corpo nu. Chegara aos 30 anos sem confiar em homens, mas não renunciara a eles. Ledo Cavani, cinco anos mais moço, filho único, sofria, em casa, com o contraste entre a superproteção da mãe e os inúteis fingimentos de severidade do pai. Certos de que

Ledo era um gênio — ele estava apenas acima da média, leitor de jornais e revistas científicas, que não entendia pela metade, bem falante, ótima voz, sedutor —, planejavam para o filho um casamento burguês, moça virgem, fértil, loira. Não contavam com Nadir.

Na Vila dos Marítimos, doada por Getúlio Vargas — havia ao lado uma dos Bancários —, quem falava em política era PTB ou comunista. A casa dos Cavanis, de esquina, normalmente exibia uma faixa denunciando ou reivindicando alguma coisa, "Aqui estamos com Yedo Fiúza", o candidato do PCB à sucessão de Getúlio, "Não mandem nossos filhos para a Coreia", "O Petróleo é Nosso". Ledo não tinha, porém, vida de partido, era um dos centenas de milhares chamados, com certo carinho, "área próxima".

Quando os acontecimentos do começo de 1964 se aceleraram, Ledo brigou no trabalho, no clube, em bancas de jornal da Avenida Rio Branco, até mesmo, duas ou três vezes, na longa viagem do lotação onde o conheciam por outras sofreguidões. Era um contendor formidável. "Há um golpe em marcha contra Goulart", esse palpite o excitava, "É possível, mas se a direita põe a cabeça de fora vai perdê-la." Tinha um conjunto de música — uma rumbeira, um bongô, três cantantes, especializados em boleros cubanos, que Cavani liderava com sua voz grave, aveludada, à Lúcio Alves. O bongô, Ivanildo, era sargento do Exército e lhe confidenciara que sargentos e cabos se preparavam para resistir à quartelada planejada pelos oficiais. Ivanildo tinha certeza de que breve correria sangue no país, pedia ao amigo que se expusesse menos. Nessas horas, Cavani chegava ao cúmulo da indignação, desqualificando as informações do sargento.

✳ ✳ ✳

Em 31 de março, Ledo trabalhou normalmente até a hora do almoço — era gerente de um consórcio imobiliário. Às dezessete e trinta, como sempre, encontrou a namorada no ponto do lotação, ela só notou o frenesi coletivo quando Ledo se intrometeu na conversa que agitava a fila, adepta no geral do governo trabalhista e anti-imperialista. Os reacionários não tinham como criticar o controle da remessa de lucros do capital internacional, ainda menos as reformas de base. O trânsito emperrara, os lotações não encostavam, a fila crescia, o bate-boca chegou a um ponto em que Ledo Cavani puxou

Nadir pelo braço e saiu atrás de um botequim. Os jornais da tarde e o Repórter Esso confirmavam o boato, tropas de Minas se dirigiam ao Rio para depor o presidente, a Confederação Geral do Trabalho convocara a uma greve geral no dia seguinte em defesa da legalidade. A polícia dispersa ajuntamentos, fecha o bar Amarelinho, os restaurantes, os cinemas, as lojas da Cinelândia, a cavalaria sitia a Câmara e a Assembleia. Ouvem-se tiros ao longe. Ledo entrou com Nadir, agora, sim, nervosa, num hotel do Largo da Lapa. Engalfinham-se até cerca de meia-noite, pedem sanduíche de mortadela e caracu, depois dormem.

***

A polícia civil ocupou a diretoria de transportes no dia 31 de março, pouco depois do almoço. Nenhum veículo sairia ou entraria mais. Adelino e o diretor dispensaram os funcionários, lembrando aos que estariam de plantão permanecerem à distância de um telefonema. Adelino caminhou até a Biblioteca Nacional, pediu *El pensamiento antiguo*, de Rodolfo Mondolfo. Começava a ler quando lhe bateram no braço, O Lacerda deu ordem de fechar a biblioteca, Mas como, se a biblioteca é federal?

A administradora disse, entredentes, que achava o mesmo, não recebera qualquer ordem do Ministério da Educação, tentara ligar para pedir instruções, mas os brutamontes que lhe invadiram o gabinete não permitiram, É melhor saírem por bem, amanhã, querendo Deus, abriremos de novo, desculpassem, ela não tinha armas, tinha livros.

Adelino caminha até a faculdade. Tirando a Avenida Rio Branco, atravessada por sirenes de carros de polícia e grupos de manifestantes sem ânimo — talvez em dúvida sobre a posição das autoridades — e tanques em frente ao Clube Militar, era o silêncio, velório sem defunto. No quarteirão da Filosofia, isolado pelo batalhão de choque da polícia militar, passeavam desafiantes civis de metralhadora. Reconheceu Venceslau, Roberval, João Maria e Christian, líderes da direita estudantil. Se davam ares de importância mas, sem certeza de terem ganhado a guerra, vagavam nervosos de um lado para o outro. Adelino ouviu Jamil, secretário da base estudantil do Partido, a trinta metros do prédio, atrás da banca de jornal, fazer para uma pequena plateia o sumário dos acontecimentos: um grupo de companheiros fora surpreendido no interior do prédio, somente dois deles tinham revólveres, discutiam cá fora se atacavam para resgatá-los ou esperavam reforços, De onde viriam os reforços? Não posso revelar ainda, dizia Jamil, estou em contato permanente com o Partido. Adelino se lembrou de um capitão bravo e frio de *Por quem os sinos dobram*. Jamil, apesar da pouca idade, era célebre por encerrar as reuniões, depois de um silêncio teatral, com um bordão, provavelmente imitado de dirigente mais velho, Companheiros, atacaremos em leque — e apontava o queixo para os dedos abertos do dorso da mão — e ali, onde o inimigo fraquejar, concentramos nossos efetivos e atacamos. Era fascinante, emanava, nessas horas, uma convicção da natureza biologicamente revolucionária da juventude. Aí, se ouviram três ou quatro tiros vindos da faculdade.

***

Vinte e trinta, Adelino chegou ao Zicartola. Estava fechado, era de imaginar, como toda loja e restaurante do centro. Da Praça Tiradentes, a espaços cada vez maiores, saía um lotação, não havia bondes e a Central, vizinha do Ministério da Guerra, fora ocupada pelo Exército — o a favor ou o contra? Uns garantiam serem os Fuzileiros Navais. Só os trens circulavam normalmente. O Sinistro morava na Lapa, no sentido contrário, mas entrou num lotação apinhado que dizia Penha, via Bonsucesso. Ao entrarem numa Avenida Brasil semideserta, cruzando com jipes e carros de combate, pensou que não por acaso tomara aquele veículo. Desceu na esquina de uma rua conhecida, de longe avistou a luz saindo do botequim. Não estava certo de encontrá-lo, nem os amigos mais próximos adivinhavam seus passos, era inútil, podia estar em Valqueire, Cascadura, Glória, Praia de Ramos, Niterói, Maria da Graça, Bar Vinte ou em casa, fumando e bebericando, contendo a ânsia de andar com *o violão debaixo do braço*, parando em qualquer esquina, *se houver motivo é mais um samba que eu faço*. Se o encontrasse, Nelson diria um oi rouquenho, pediria um copo para Aníbal — Adelino o seguia há anos, mas ainda lhe confundia o nome. Mulher nem filho o prendiam em casa, Tem dias que não dá as caras, disse o garçom, Está no Buraco Quente, pensou Adelino, e pagou sem pena um táxi para a Mangueira. O chofer, pelo tom, bebera, xingava os comunistas, chamava de corno o presidente, A mulher dele é amante do cunhado, esse filho da puta do Brizola, agora vão se foder. Adelino carregava uma angústia que não tomava forma. Não eram os acontecimentos do dia, o golpe militar que caminhava na semiescuridão sobre a cidade, sobre o país, era a concomitância desse caimento político no vazio com a história de Nelson Cavaquinho, o poeta amarelo do caimento final, *Amanhã, quando eu morrer, os meus amigos vão dizer que eu tinha um bom coração, alguns até hão de chorar e querer me homenagear fazendo de ouro um violão...*

Quando Adelino entrou em casa por volta de duas da manhã, a vizinhança dormia. Mesmo os profissionais da noite tinham se recolhido cedo, pairava sob lampiões e becos um hálito sem nome. O Sinistro tomou banho e, de cuecas, levou para a pequena varanda um maço de Continental. Não achara Cavaquinho, não sabia de que lado estava, nunca lhe ouvira um comentário político. E o cerco da Filosofia, como terminara? De quem foram os tiros? Não sentira obrigação de ficar, não era organizado, gostava quando o chamavam de "aliado". Olhando o beco do alto, recitou para si, *Pequei, Senhor, mas não porque hei pecado, De vossa alta clemência me despido.* Era ateu, prezava Jesus — fosse ou não o messias —, mas não o Cristo construído por Paulo. Uma história de homem e libertador, cujos ensinamentos e feridas visavam a melhorar a espécie, não precisava ser filho de Deus para isso. O torturado do Gólgota era demasiado humano — essa aporia ocupou por um instante a cabeça de Adelino, o Sinistro. Era a ovelha, mas não havia pastor divino para cobrá-la.

Na manhã seguinte, ao entrar na padaria para o café, um casal puxou conversa. Ele se chamava Ledo Cavani, ela, Nadir. Trocam impressões. Nadir, se duvidasse, não sabia o nome do presidente deposto, de certo sabia que era inimigo de Lacerda. Adelino parecia animado, se soubesse que seu apelido era Sinistro, o casal não acreditaria. Caminharam para a Cinelândia. Estava quase vazia, A greve geral contra o golpe foi um erro, falou Ledo Cavani e, como desse a Nadir, na sua voz de bolero, uma pequena aula, apareceram uns rapazes, uma garota, um senhor de cabelos brancos, virou pequeno comício, até surgir a cavalaria e se meterem todos por uma galeria, subirem ao segundo andar de um prédio, Isso é uma ratoeira, alertou a garota, vamos sair um a um e sumir. Adelino a reconheceu, Sou irmã da Cristiane, sua colega, esclareceu ela, você viu o que aconteceu ontem na faculdade, estão matando à vontade, Me conte, sou Adelino, Sei, seu apelido é o Sinistro, morreu lá dentro o Wagner, da Física, inventaram que foi baleado por um cara da Faculdade de Direito, o Heitor, chefe do Partido, vi quando o Wagner saiu carregado, branco sem uma gota de sangue, prenderam o Heitor, que negava ter atirado, Por que Heitor teria atirado no Wagner, perguntou Adelino, se os dois estavam na resistência dentro do prédio? E então, continuou a garota, antes de entrar sob porrada no camburão o Heitor gritava que não tinha sido ele, um tal de Roberto, que é aluno e está do lado do golpe, acusava o Heitor de ter disparado a arma, eu não sei, acho possível, nenhum deles sabia atirar, eu não sei, ninguém sabe, Não fomos treinados, concordou o Sinistro, nunca peguei num revólver. Cavani, que se afastara, deixando Nadir com eles, reapareceu com uma informação quente, na Praça da República distribuíam armas a quem quisesse lutar. Como uma pequena matilha, atravessam a cidade tomada de lixo naquela direção. O líder era Ledo Cavani, de mãos dadas com Nadir, os demais o seguiriam para onde fosse, inclusive o Sinistro, mas a servidão animal começou a incomodá-lo, foi ficando para trás. O grupo chegou perto de um caminhão que distribuía armas e munição, entraram na fila e quando Ledo Cavani levantou o braço para agarrar o seu fuzil, viu o óbvio, aquele era o lado de Lacerda, tentou sair de fininho, ganhou uns pontapés e a proteção de um policial, Deixa ir, deixa ir, some daqui, filho da puta, você e sua turma, vamos, vamos, e reorganizou a fila.

***

Luís Viegas soube dos acontecimentos na manhã do dia primeiro de abril.

Ao se sentar para o café da manhã — igual ao de qualquer rico, menos a tapioca e o mungunzá —, o mordomo pôs o jornal à sua frente. SÓ HÁ UMA COISA A DIZER A GOULART: SAIA! Dentre as notícias secundárias, parou numa "Estudante é morto no interior da faculdade". Não conhecia Wagner nem Heitor. Se Júlia não os conhecesse, certamente eles a conheceriam. Não a via há uma semana, a tempestade da agitação varrera tudo, a sede do diretório transferida para a Faculdade de Direito, professores misturados a alunos pintavam faixas, fabricavam coquetéis molotov, máscaras antigás, sacos de leite e vidrinhos de amoníaco. Volumes inconfundíveis se escondiam sob camisas e saias. Luís achou melhor procurar Júlia em casa. O subúrbio estava calmo, em alguns bares do Méier, de Cascadura, de Madureira ouviu de passagem bate-bocas que não seriam sobre futebol. Quando menino supunha que aqueles moradores de estações eram flamengo ou vasco, e agora, Jango ou Lacerda. Passou por sob uma larga faixa, Contra o Golpe Imperialista e Latifundiário que Ameaça o Povo Brasileiro. O imperialismo era o Fluminense, o latifúndio, o Botafogo, haviam lhe dito Júlia e Berenice, de gozação.

Júlia saíra cedo, avisara à mãe que não tinha hora de voltar, talvez dormisse em casa da amiga, Como saiu sem condução?, perguntou Luís, um pouco ansioso, Um vizinho deu carona, ia pra cidade. Aceitou um café, se despediu, em poucos minutos chegou à Presidente Vargas, estava bloqueada. Entrou pela zona do Mangue, o dodge conversível chamou atenção das putas nas janelas, dos cafetões, tiras e marinheiros em portas de botequins, mas deu certo, chegou com facilidade à Lapa, deslizou pela Beira-Mar, atento a qualquer aglomeração, a qualquer corpo alto e benfeito de mulher escura. Num sinal da Rua do Catete, emparelhou com um Volkswagen, foi reconhecido. Eram Walderlino e Christian, da Tradição, Família e Propriedade. Com o cano da metralhadora na sua direção Christian pediu que descesse do carro, Sabia que você era um dos nossos, Viegas, vamos ao Guanabara arrebentar os petebo-comunistas, no seu carro, que é maior.

    O palácio estava protegido por tropas estaduais, tiras e voluntários, mas entraram com Christian. O governador permanecia recluso, naturalmente, mas se viam nas sacadas internas políticos que Luís conhecia de jornal e televisão, um dirigente famoso do Flamengo e um editorialista do *Correio da Manhã*, seu primo, o Cavanhaque. Luís caminhou para o jardim, mas estava fechado a civis. No estacionamento, provou que o dodge era seu, mas um adolescente armado, ao vê-lo tirar as chaves da capanga, o interpelou, Por que não entregou as chaves quando chegou?, a ordem é essa, o senhor pode sair, mas seu carro agora é uma viatura da revolução, desculpe. Pediu a intervenção do primo jornalista, Pode tirar o carro. E se Júlia estivesse com seu grupo na UNE? No caminho teve a certeza de que João Goulart caíra, de janelas e sacadas pendiam bandeiras brasileiras, da Guanabara e de clubes, aplaudiam camburões, motocicletas da PM, carros de bombeiros com sirenes ligadas, pequenas explosões. Achou uma padaria e ligou para uma vizinha de Júlia, Berenice veio atender, Júlia estava bem, mandava dizer que, passando a confusão, o procurava. Queria mais do que isso e ela lhe dava um consolo por meio de longas espirais metálicas.

***

No Alves da Tabacaria se sentiam todos de parabéns pela deposição de Jango. Três fumantes discordantes, o capitão aviador Gerson, Avelino e o médico Alcir Silveira, não quiseram entrar em discussões perigosas no clima de ira e delação daquela semana. Duas ruas adiante um sujeito fora preso por uma razão inominável — estava de mudança e, enquanto fiscalizava, junto com a mulher, a descida dos móveis, deixaram na calçada por um instante uma caixa de livros, à frente *Conceito marxista do homem*, de Erich Fromm, *The Limits of Imperialism*, de Paul Sweezy. Talvez um passante, talvez um vizinho, ou o porteiro, ligou para a polícia e, quando o caminhão da Lusitana já ligara o motor, foram rendidos pelo DOPS.

De suas aventuras de abril, Luís Viegas só contou o incêndio da UNE, as prisões e o fechamento da universidade. Se não tivesse entrado naquela faculdade, ficaria do lado do golpe, caminharia na massa de civis em passeata com Deus pela Liberdade e, cauteloso até o dia primeiro de abril, enfeitaria as sacadas da Lagoa com faixas e bandeiras. Apesar de seu espírito tender para a direita, uma direita preguiçosa de argumentar — de direita como se é católico —, pegara o hábito de comer no Bob's, do outro lado da rua (aprendera a pedir sanduíche de banana e "vaca preta"). Onde andaria o Filósofo, feiíssimo, perseguindo os colegas com uma palavra sem sentido, propedeuticamente, arreganhando os dentes desalinhados. O Sinistro devia ter recebido a revolução como ele, Luís, sem paixão. E havia Berenice, sua cúmplice no assédio a Júlia. Há duas semanas a perdera de vista, não estava em casa — "viajou, ela mais o irmão e a mulher", dizia a mãe; Berenice confirmava — "não se preocupe, assim que puder vai te ligar", o que o obrigava a passar o dia em casa. À noite, corria à tabacaria mais o tio Magno, fumavam e bebiam o de sempre, na volta perguntava ao mordomo, duas, três vezes, por quem havia telefonado. Com um mês e três visitas a Piedade, carregado de iguarias que dona Flora recebia por educação, decidiu reagir. Não era amado pela única mulher que amara na vida — sem autopiedade cantava no chuveiro o samba de Carmem Costa, *já não é amor, já não é paixão, o que eu sinto por você é obsessão* — e a maldita revolução cortara a sua chance. Tinha riqueza, tinha charme, melhorara nesse ponto ao diminuir os perfumes (por ultimato de Júlia), tinha amigos, algumas namoradas, tinha amor-próprio, vergonha na cara. Nunca mais procuraria aquela mulher.

***

Dia 5 de junho, ela telefonou. Respondeu carinhosa às perguntas dele, menos a última — Por que você sumiu? —, garantiu que sentira a sua falta, agradeceu as atenções que tivera com a mãe, o irmão e a cunhada lhe mandavam lembranças, a faculdade reabriria semana que vem, queria estar com ele. Não cairia em outra, decifrara os códigos, uma vez o convidara para passar o dia, quase perdera a mão.

Júlia o abraçou e beijou nas duas faces, como emagrecera, os lábios pareciam mais carnudos. Deu a risada longa e Luís decidiu que a compressão dos olhos a fazia mais bonita. Perguntaram por Adelino, havia três ou quatro versões do que acontecera.

***

Dois terços dos professores haviam sido trocados, a maioria por assistentes. O diretor, poderosíssimo, fazendo o gato e o rato entregava ao coronel interventor, a cada semana, uma lista de professores e alunos subversivos. Na porta de seu gabinete, na mesma posição serena de descansar, pernas abertas, mãos nas costas, tal como defendiam suas posições nas assembleias, Roberto e Christian controlavam a entrada e a saída.

***

No dia do reencontro, Luís Viegas levou Júlia em casa. Ia tranquilo e feliz. O assunto dominante foi a morte de Wagner. Ele fora metido numa ambulância na frente de muita gente, relaxado e sem cor, o sangue brotando da camisa aberta, enquanto Heitor, o dirigente comunista, entrava aos socos no camburão, Foi um acidente, a arma dele disparou, conseguiu gritar, mas a versão de que assassinara o próprio amigo, como era comum entre comunistas, desde 1935, ganhou os jornais.

Já Adelino, o Sinistro, nenhum colega dos que voltaram à faculdade em junho cruzara com ele nos dias do golpe. No primeiro de abril, a gerente da pensão o vira sair de manhã, o português da padaria o vira fazer amizade com um casal, depois saírem para a cidade, Adelino lhes pareceu disposto, de boa cara. Uma moradora da rua que, por ofício, ocupava de madrugada a esquina em frente à pensão, primeiro negou que vira o estudante chegar, depois alegou que saíra do ponto para trabalhar — embora uma vez ele lhe explicasse que o ficar no ponto fazendo psiu, vamos fazer neném, contava como hora de trabalho morto, infeliz lembrança — mas, avisada pelo investigador que nada teria a perder se fosse honesta, contou que o estudante, vindo de dentro da pensão, lhe perguntou onde poderia comprar *uma* guaraná àquela hora. Que era estudante não tinha dúvida, muitas noites o viu cá de baixo lendo à luz fraquinha da varanda, Varanda?, perguntou o investigador, Não, doutor, balcão, Sabia para que servia o guaraná? Sou puta, mas não sou burra e se não era pra beber morro sem saber, E onde ficava o botequim aberto que você lhe indicou? Quando falei que na Rua Gomes Freire, ele desistiu, voltou pra dentro, E como, então, o guaraná foi parar no quarto do estudante?, você está me enchendo o saco com tanta mentira, Olha, ele entrou, como eu dizia, e daí a pouco apareceu um freguês, de carro, me levou ao aterro do Flamengo, ao passar pela Glória vi um bar aberto e comprei *uma* guaraná para o garoto. O investigador bocejava, Na ida ou na volta? Na volta, ou queria que eu fosse trabalhar com *uma* guaraná no colo? Para fechar o caso, só precisamos saber qual era sua relação com o estudante, Me cumprimentava quando aparecia no balcão, nada mais, quando o chamei para entregar *a* guaraná acho que me amou, Por um simples guaraná? Foi, mas qual é o problema desse guaraná? Ele tomou com formicida.

***

Argélia era excessiva, brancarona, se podia adivinhar que não cheirava bem, guardava notas de 1 a 10 cruzeiros na interseção dos peitos, as pernas pareciam caminhar em direções opostas.

Batidas policiais atrás de subversivos, malandros e putas eram toda noite. Jogada no xadrez com meia dúzia de profissionais, só pelo meio-dia Argélia pôde apresentar sua credencial de estudante de Ciências Sociais ao delegado Prates, Respeito essas mulheres, mas me prenderam por acaso, E que fazia com putas de madrugada na Lapa?, grunhiu ele, apontando para o pé descalço — ela perdera uma das sandálias ao ser atirada no camburão, Estava na noite em pesquisa sobre as mulheres de vida fácil, entrevisto-as com ajuda da Fundação Ford, de forma que o senhor me libera imediatamente, com pedido de desculpa, ou falarei aos jornais. Os investigadores riam, o delegado considerou consigo a possibilidade do engano, olhou de novo a carteira de estudante da mulher grandona que, agora, sacava umas notas amassadas da confluência dos seios. É conhecida?, perguntou ao chefe da *blitz*, Não, é a primeira vez, mas se não é puta falta muito pouco, disse ele, Peço-lhe respeito por mulheres da vida, não devia chamá-las de putas, Está bem, que tal praticante eventual da profissão mais antiga do mundo?, o chefe passava por espirituoso entre os colegas, Pesquiso para uma fundação estrangeira, insistiu Argélia, se não me soltarem, O quê?, provocarão um acidente diplomático, é russa essa tal de, olhou de novo a credencial, Ford? Russa não é, falou um tira com cara de japonês, é inglesa ou americana, Feche a boca, cortou o delegado, você pensa que não tem comunista na América? Ford é uma companhia de judeus, secundou o que fazia rir, enganaram até o Brizola, no Rio Grande do Sul, Ouviu o galo cantar, encerrou o delegado, é o contrário, o Brizola que enganou os judeus, manda essa puta embora, E as outras, chefe? Solta antes do jantar.

PAULO CÉSAR

Berenice era professora municipal e passou a trabalhar em dois turnos, Júlia procurava emprego — tinha perdido a graça com a faculdade, nenhuma matéria, nenhum professor novo a encantava. Luís a convidava para almoçar ou para um chope quando a encontrava na biblioteca — também vigiada pelo pessoal do Christian, atento a livros e leitores. Evitava a cantilena que cansara os ouvidos de Júlia, que ela estava sempre em sua mente, que se gostasse um pouco dele saberia transformar esse pouco em muito, viajariam para o exterior, sim, levariam a mãe e o sobrinho — o irmão de Júlia se separara com a guarda do filho —, poriam numa poupança a pensão do pai caduco, contratariam para cuidar dele uma equipe completa, em vez de interná-lo como vinham pensando. Eram questões materiais e quando ele começava, Júlia pedia para ir embora. A ninguém seria fácil captar a alma daquela mulher, a ele era impossível, embora confiasse no poder da sua paixão. Levou-a um dia para almoçar em casa, "Tudo isso será teu (parecia dizer) se confessasses, já que não me amas, mas me aceitas." Era a última cartada.

O Zicartola fechou. Entrou no vermelho sem que a revolução precisasse mover um dedo, as contas não fechavam, mas ainda que a contabilidade fosse boa, os frequentadores foram sumindo. Os sambistas se defenderam montando *shows* na Zona Sul — o Rosa de Ouro, o Opinião, os *shows* de bossa nova — e voltando a fazer sambas de terreiro, gênero quase sufocado pelos sambas-enredos que rendiam mais. Se o Sinistro estivesse vivo, teria gostado, sambistas peregrinos, como Nelson Cavaquinho, Manaceia, Cartola, se separavam outra vez dos radiofonizados — sua palavra para comerciais — para viver sua vida autêntica, a única que merecia ser vivida. Eram uns debordianos.

Na última semana do Zicartola, ainda de casa cheia, Zé Keti pediu acompanhamento de marcha e mandou, *Marchou com Deus pela democracia, agora chia, agora chia... Você perdeu a personalidade, agora fala em liberdade... Ai, ó seu Oscar, o que que há, o que que há, Ai, dona Aurora, mas porque é que a senhora chora?* Lavou a alma de todos. Outro acontecimento, que entrou para o folclore daquela semana, é que apareceu uma negra quase perfeita de corpo — e esse quase, para os entendidos, a tornava mais bela — e lábios carnudíssimos. Só Nelson Cavaquinho parecia conhecê-la, perguntou pelo Adelino, acertando o nome pela primeira vez.

Luís a convidou para o Opinião, o *show* que arrastou uma multidão, por várias semanas, ao *shopping* que se abrira em Copacabana. Era mais uma catarse da esquerda festiva, onde se podia ranger os dentes contra a ditadura e desprezá-la publicamente. A cada sessão o ar ficava denso de dor de cotovelo coletiva e se saía para os bares caros ou para a Adega Pérola, meio botequim, meio cantina, convicto de que a inteligência era inerente à esquerda, sim, a direita era burra de nascença. Todas as expressões da vida, mesmo o amor, eram atravessadas pela linha política — de classe, de ideologia, de partido. Vianinha, um herói daqueles dias, mantinha um romance tão invejado quanto infernal. Ela cansou, talvez quisesse um namorado normal, um amor burguês que pegasse um táxi sem consciência culpada, com o charme e a sensibilidade de Vianinha, isto é, queria tudo. Rompeu com ele. E Vianinha, angustiado lhe escreveu uma carta, "O amor é anti-imperialista, Dete".

O teatro era de arena, o hálito dos atores envolvia o público em círculo. Na sessão em que Luís Viegas fora com Júlia, um ator perguntou ao público o que faria se fosse patrão e precisasse despedir um empregado com família para alimentar, O que faria o senhor, por exemplo? — e se dirigia diretamente a um senhor gordo, de gravata desabotoada, O que faria? O homem parecia ter sentido a pergunta, suava, fazia ranger a cadeira. O ator passou a uma mulher, a um rapaz e o primeiro continuava excitado, tentava arrancar a camisa, mas engasgara, saía um ruído da sua boca retorcida, o ator voltou a ele, O senhor vai responder, responda o que faria tendo que botar no olho da rua um homem que precisa do emprego para alimentar crianças, o que faria? O sujeito tentou se levantar, entrava no texto, o efeito brechtiano fora alcançado, ganhou palmas pela *performance*. Deu um arrancão do assento e caiu duro. Quase dez minutos depois o público soube que tivera um infarto.

***

Na semana seguinte, Júlia o convidou para um ato político, o encontro de Robert Kennedy, procurador-geral dos Estados Unidos, com estudantes na PUC. Ele ofereceu carona, ela explicou que seu grupo — ele já tinha reparado que ela não andava só — eram cinco ou seis colegas. Não podia aceitar, se desculpou com uma cara tão terna que Luís não sofreu. Ele chegou meia hora antes, se encostou ao portão da faculdade para esperá-la e, quando viu Júlia sozinha, experimentou o aperto no peito que lhe dava a certeza de ser um homem doente, não por uma mulher gloriosa, burguesa, extravagante, mas por uma garota que não tinha onde cair morta. Talvez sentisse uma vergonha aguda, um desalento doloroso pela rejeição de uma fêmea em que não teria reparado se trabalhasse em sua casa. Na realidade, Júlia tinha se perdido do grupo. Os pilotis já estavam cheios quando resolveram se sentar no chão, como todo mundo, abrir um lugar para o grupo atrasado. A mesa florida era composta por diretores da faculdade, tipos do governo e o embaixador americano, mas o apresentador era um estudante de engenharia, Sou o presidente do Grêmio desta faculdade, decidimos de comum acordo — tinha uma voz nítida, sem impostação, e correu com a vista os membros da mesa ilustre — desrespeitar o protocolo, passando de imediato a palavra ao nosso convidado, certos de que tem muito a dizer ao povo brasileiro, aqui representado por sua elite estudantil. A ninguém passou despercebida a ousada ironia daquele Cícero dos Pilotis. Robert se levantou, deixou correr dez segundos antes de sacudir a cabeleira, em que julgava residir o seu charme, abriu o sorriso de caveira adiada que fazia impossível saber se não era um deprimido crônico. Falava como seu irmão, como o pai, como seu avô, como o avô do seu avô ao desembarcar na América — sequenciando a fala, à semelhança da brincadeira infantil de "carniça", em que o detrás pula sobre o da frente, sem um gol, sem um objetivo. Era embaixador da América, desfiou suas realizações para o continente, a preocupação com a segurança do hemisfério, teceu os elogios comuns ao grande país que éramos, à potência que seríamos em breve, no regaço da Aliança para o Progresso. Se seguiram algumas perguntas mornas, duas diretamente em inglês — "O senhor confirma que visitou o Brasil secretamente antes do golpe de 64?", "O senhor sabe que há torturas no Brasil?" — levando a um murmúrio de protesto logo atendido. Então, um rapaz, que se apresentou como estudante de política internacional, primeiro alisou a fala de Robert para depois lhe dar uma mordida a frio, "Não pense, senhor Kennedy, que no Brasil só há cobras e índios, as relações entre nossos países são sabidamente imperialistas, a classe estudantil desse país veio aqui para interpelá-lo a esse respeito." Mais dois pegaram carona indagando pela invasão da Baía dos Porcos, pelo financiamento a políticos brasileiros de direita, através do IPES. Uma garota, da Psicologia, boina à Guevara, cumpriu a sua tarefa, "O seu país oprime os proletários do mundo e massacra o proletariado interno, sob a forma de racismo antinegro, e o senhor Robert Kennedy tem a petulância de nos dar aula de democracia." O reitor e o vice-governador deixaram acintosamente a mesa. Surgiram cartazes, *Kennedy Go Home*, *Hands off Cuba*, *O IBAD é traição nacional*. Kennedy ficou de pé e, desprezando o microfone, dessa vez sem mostrar os dentes, pediu tradução simultânea e perguntou, "Nessa assembleia estudantil em que se transformou a minha mensagem aos brasileiros, vejo perto de mil jovens estudantes. Mas só vejo um negro, ou melhor, uma negra. Como vocês me explicam isso?" Os olhares demoraram a encontrar, no fundo do pátio, uma negra comum, exceto para Luís Viegas.

✻✻✻

Em 1965, as aulas se estenderam até metade de dezembro. Uma tarde em que tomavam chope, pouco antes de se levantarem, entrou um homem alto, benfeito, Paulo César, apresentou Júlia, meu namorado. Ele a beijou e estendeu a mão para Luís, simpático, à vontade, Ouvi falar muito de você, tenho até ciúme. Por um instante pensou que Júlia se enganara, "Luís Viegas, meu namorado", quisera dizer. Não teve tempo de ficar triste. Por que ela não lhe contara antes? Conhecia-a há três anos, nunca a vira com ninguém, e agora vinha Paulo César saindo do nada. A raiva começou a lhe subir, dos pés para o coração, como nos mortos por cicuta. Se esforçou muito para ser natural — e não imaginava quantos meses, talvez anos, buscasse a naturalidade de Paulo César, "Ouvi falar muito de você, tenho até ciúme". Dizia isso, não suava empapando a camisa e a calça, estava seguro de ser amado por aquela mulher. Namorado recente? Como então ouvira falar muito dele, como teria ciúme? Era antigo, então fora enganado anos por Júlia, todo o mundo sabia, o Sinistro, Berenice, a mãe, o irmão, a cunhada? Já era do outro quando fora à festa de Margharete, a Mangaratiba, ao Zicartola, ao Opinião? Os dois se pareciam, altos, negros, empenados. Quis se despedir na porta do bar, o corpo lhe doía, os namorados insistiram em levá-lo até o estacionamento, acenaram enquanto ele arrancava. Quebrou o retrovisor numa pilastra, mas não parou.

    Por volta de vinte e uma horas supôs que Júlia chegara em casa e ligou. A mãe lhe disse que devia estar chegando. Vinte e uma e trinta ligou de novo, às vinte e duas horas a mãe lhe disse, Quer que lhe telefone quando chegar? Pede, por favor, para me ligar ainda hoje, mesmo de madrugada. Semiembriagado, Luís a atendeu por volta de uma hora. Com voz de choro acusou Júlia de traição, Mas como traição, somos apenas amigos, nunca lhe disse nada para lhe dar esperança, gosto de você, não passa disso, olha Luís, tenho um namorado, mas não queria perder a tua amizade, você vai achar uma pessoa melhor do que eu, será correspondido, escuta, quero te fazer um convite, se você recusar vamos compreender — esse vamos lhe acendeu o amor-próprio —, vem tomar um chope com a gente amanhã depois da aula, OK, disse ele, com um acento que Júlia desconhecia, não vou à faculdade, mas encontro vocês no Dimensão.

***

Júlia tomou dois chopes e meio, os dois homens seis por cabeça. Paulo César e Júlia evitaram carinhos na frente de Luís. Paulo César estava no primeiro ano de Educação Física, pendurara as chuteiras depois de uma carreira de doze anos — no Flamengo, no Benfica, outra vez no Flamengo —, esperava se tornar treinador. Por enquanto assessorava craques em tudo, roupas, cardápios, programas, imagem. A maioria assinava contratos de milhares de cruzeiros e não sabia preencher um cheque. Sim, conhecia Bianchi, jogara contra ele pelo Vasco, antes de o meia quebrar a perna e entrar para a polícia, nunca mais se viram. Paulo César gostava de política e discutia com competência, maior do que a de Júlia, a conjuntura política, as contradições econômicas, a radicalização que levara ao golpe, as perspectivas do campo popular (Luís nunca ouvira essa expressão) nos próximos anos, Como explica a revolução?, experimentou Viegas, Você quer dizer contrarrevolução, com as reformas de base, especialmente a reforma agrária, sim, haveria uma revolução, devíamos ter esmagado a reação, enfraquecida desde o plebiscito, Não, não, interrompeu Júlia, enfraquecidos estávamos nós, quisemos dar um passo além das pernas. Durante a hora e quarenta em que os namorados divergiram, o terceiro pouco falou. Mais uma vez se sentiu de fora, a única razão para estar ali era o desejo — encapuzado — por aquela mulher. Amistoso com Luís, assinando autógrafos de vez em quando, Paulo César não parecia enciumado.

Aquela noite era aniversário do tio Magno no restaurante do Jóquei Clube. Até a sobremesa Luís flertou com duas amigas da prima, ao servirem os licores caiu na fossa. Voltaria para casa, certamente acompanhado, sem amanhã, sem amor, triste fumador *blasé* de tabacaria. Ao abraçá-lo, na despedida, o tio informou que daria um pulo em Roma aquela semana, Vem comigo? Está muito em cima, respondeu, mas já decidira. Em casa, no meio do dia, mal se livrou de uma das amiguinhas da prima — não lembraria qual —, arrumou as malas.

Tio Magno teve de adiar a viagem por 24 horas e ele passou o resto do dia irritado, estava para sempre findo o tempo em que Luís Viegas amara Júlia Benedito dos Santos — lá isso era nome de mulher, tinha razão o tio, era macumba, apesar de a literatura transbordar de amantes rejeitados, mas nunca um branco rico e inteligente por uma preta suburbana, Júlia Benedito! Reapareceu no Alves da Tabacaria, fumou um havana entre seus iguais, pediu um Logan, quando ia no terceiro se lembrou de que os namorados o tinham convidado para uma sessão com debate do *À bout de soufle*, de Godard, no Paissandu, naquela quinta-feira. Voou até a Rua Senador Vergueiro, estacionou pessimamente o rabo de peixe. A sessão terminara, inclusive o debate, os bares se enchiam de cinéfilos, palpiteiros, garotas de braços brancos como filhas de mani, rapazes desgrenhados, pelo menos um de capa de gabardine, vários de lenços amarrados no pescoço, minoria fora de moda como num *set* de Pontocorvo. Do outro lado da rua, Luís Viegas enxergou o casal, Júlia com o braço descansando entre os de Paulo César. Nunca soube o que lhe deu. Encheu a mão de pedras e por entre carros de combate, que eram ônibus, e jipes, que eram automóveis, despejou uma saraivada de pedras portuguesas contra a mesa dos amantes. Até os fregueses descobrirem de onde vinha a artilharia, quebrara uma cabeça e várias garrafas de escudo, É Luís Viegas!, gritou Júlia. Paulo César atravessou a rua, quase atropelado, agarrou Luís, o encostou na parede e começou a bater nele como em uma criança, podia matá-lo, mas preferiu os tapas na cabeça e os socos no estômago, deixava-o recuperar o fôlego e de novo começava, sob os aplausos dos amantes de Godard. Luís, aos tropeções, fugiu em direção ao seu carro, mas Paulo César não o deixava andar, surrava-o como a um reles *clochard* de *nouvelle-vague*. Não queria machucá-lo, queria humilhá-lo.

***

1968 foi, todo ele, um ano quente. Os acontecimentos mais cruéis — cassações, exonerações, execuções, torturas mortais — jaziam sob um silêncio pesado e cinzento. O insólito não era isso, mas o fato de os partidários do golpe civil-militar desconhecerem a torpeza do regime que ergueu em seu nome, com os melhores elementos das forças de segurança, um aparelho eficiente de moer gente. Quando terminar o tempo sombrio, muitos militares, intelectuais, estudantes, donas de casa, padres e pastores evangélicos, conservadores sinceros ou cínicos, custarão a crer no que se passara com seu aval. Outros, convencidos do indescritível sofrimento humano que a ditadura produziu, preferiram esquecer — e que o país esquecesse com eles. A música de Zé Kéti, *Marchou com Deus pela democracia, agora chia, agora chia...*, ficou, a cada ano, mais ferina. Quanto aos jornais, quem não foi censurado se autocensurou.

    Foi quando aconteceu o atentado do aeroporto de Guararapes contra o general-presidente Costa e Silva. A bomba matou um jornalista e um almirante, ferindo 14. Um comando revolucionário da AP assumiu a autoria. O regime justificou o endurecimento, ditadura dentro da ditadura, contra o "terrorismo", ela própria se fez terrorista implacável, clandestina, sem bombas mas com máquinas capazes de produzir dor e humilhação. Ela precisava, é a verdade, de um novo muro de contenção dos partidários, mais ou menos organizados, das reformas de base rurais e urbanas. O primeiro muro fora insuficiente — a classe média letrada, festiva, radical, inexperiente, não pisou no freio em 1964. Ao contrário, atacava agora, em *shows* e festivais, as próprias forças armadas, *Há soldados armados, amados ou não, quase todos perdidos de armas na mão, nos quartéis lhes ensinam uma antiga lição, de morrer pela pátria e viver sem razão...* O samba-marcha de Zé Kéti, de 1965, era canção de ninar em comparação ao hino carbonário de Geraldo Vandré.

***

A "amizade" de Luís Viegas e Júlia acabou para sempre naquela noite das pedradas e da surra que lhe deu Paulo César. Havia, agora, entre eles, uma enorme humilhação, que gritava a cada vez que a mulher lhe vinha à cabeça. Uma vez pegou o telefone para falar com Júlia, por azar ou sorte ninguém atendeu. Ia à praia quase diariamente, nadava por trás da arrebentação, fez novos amigos, namorou uma cearense que lhe pedira para vigiar a toalha e o antissolar. Leu um bocado naqueles anos, mas acontecia com ele o mesmo que com o tio, de quem se reaproximara — esquecia rapidamente o nome dos autores e, diversas vezes, o próprio título. Não se recriminava de qualquer fato da vida, até os lençóis eram lenientes com ele, pegava no sono em dez minutos. Talvez por essa falta de comoção lhe tivesse acontecido "o que aconteceu". Essa expressão resumia a dor suave que lhe ficou da mágoa de perdê-la.

No começo do ano, o mordomo lhe passou o telefone, É a senhorita Juliana. Não conhecia ninguém com esse nome, Peça pra deixar recado, e voltou a se vestir. De repente, se atirou pela escada atrás do criado, Anotou o número?, não me diga que não anotou o número? Não precisei, respondeu o preto sisudo — crioulo inglês, lhe chamavam os amigos de Luís —, ela vai chamar de novo em quinze minutos. Júlia foi pontualíssima, ele pegou o telefone com tanta pressa que a base do aparelho se soltou, o fio se enrolava em sua calça, Escute, Luís — era a mesma voz de sempre alguns tons abaixo —, senti saudades de você, que tal um encontro ainda hoje?

Ele entraria no museu de Belas Artes e ela apareceria. Nenhum dos dois falou do passado. Depois de perguntar, sem esperar resposta, se estava acompanhando a situação política, pediu a Luís o favor de levar um amigo a Buenos Aires, Paulo César? Ela titubeou um instante, É, é, mas quero te dizer que terminamos, Como terminaram? Há um ano só temos relações políticas, te juro, mas não posso também tirar o corpo fora, se Paulo cair vão matá-lo, só podemos contar com você nesse momento. Revelou a liderança do namorado na dissidência que preparava a luta urbana, chefiara a segurança das grandes passeatas de 68, entrara na clandestinidade, cassado por sequestros de diplomatas, sobrevivia da ajuda de simpatizantes e "áreas-próximas".

Luís achou seguro viajar no rabo de peixe, não era carro de fuga, Está maluco, recusou Júlia, prefiro andar com uma melancia na cabeça. Luís ligou para o tio, pediu emprestado o morris preto, sóbrio. Pegaram Paulo César na Leopoldina, em figurino de férias os três, o casal e um amigo empresário, rumo à Colônia do Sacramento. Só eram falsos os documentos de Paulo César. Na fronteira de São Paulo com o Paraná foram parados por uma barreira, soldados do exército em roupas e armas de combate, Não se esqueçam, me chamo Haroldo, disse Paulo César. Um praça olhou os documentos do carro, conferiu com a identidade de Luís Viegas, mandou seguirem. Um cabo, que os observava pelo outro lado, levantou o braço e a voz, Esperem, vamos abrir esta mala. Os subordinados se aproximaram engatilhando armas, Desçam e abram todo o carro, inclusive a senhora. (Luís tremeu. Quando recolhera Paulo César, este lhe perguntara se trazia alguma arma consigo ou no carro, abrira de mau-humor o porta-luvas e achara uma beretta, calibre 6.35, "Você está maluco, essa porcaria além de não servir pra nada pode foder a gente." Paulo César, daqui por diante Haroldo, pegara o pequeno revólver, entrara num mictório público, se desfizera dele, salvos pela experiência, insuspeitada, do ex-jogador). Entornaram as malas, largando as roupas no acostamento, examinaram cada instrumento de pesca, as duas cadeiras de praia, cada boia, cada bola, cada chapéu, cada página do guia Michelin. Enquanto os três guardavam de volta os objetos, sem mugir, o cabo ordenou, Depressa com isso, e virando as costas como um marechal de campo, Estão liberados. Uns metros adiante, Júlia enlaçou por trás os ombros de Paulo César, percebeu a cara de Luís e fez o mesmo com ele, Luís enrijeceu a nuca, não entraria outra vez na arapuca. Iam calados. Júlia abriu o jornal, tentou ler. Almoçaram numa churrascaria de caminhoneiros e, só então, a propósito de uma mulher seminua, com um recém-nascido, estendendo a mão de mesa em mesa, Luís recuperou a voz, Vamos convidá-la a comer conosco, Não, cortou Haroldo, vai chamar a atenção sobre nós. A mulher foi afastada pelo garçom, Só sabe pedir, mendiga com essa criança há um ano, os senhores fizeram bem em não dar, o Paraná inteiro conhece essa aí, se quisesse trabalhar, louça é que não falta. Retomam a estrada, de novo quietos, até Haroldo falar em Carlos Lamarca, Nossos adversários internos o acusam de militarista, mas não, é o maior estrategista revolucionário que o país já produziu, talvez a América Latina, sim, é de fato um excelente atirador, disciplinado consigo mesmo, carinhoso com os companheiros, na captura do embaixador suíço, com a polícia e o exército sitiando o aparelho, um dos garotos pediu para ver o mar, era dia do seu aniversário, todos votaram contra, o comandante Lamarca disse, "Vamos deixar ele ir, olha, vamos marcar uma hora pra você voltar, vá ver o mar, companheiro, compreendo a sua necessidade." Luís, com súbita coragem, sugeriu não se tratar de generosidade, mas espírito suicida, culto à personalidade, desculpasse Haroldo, é uma merda, estava mais para religião, os chefes, de direita ou esquerda, o Marighela, por exemplo, com sua ordem de fazer a revolução sem pedir licença, o que fez foi conduzir garotos e garotas à morte certa, um homem desses não era admirável, todo líder revolucionário, Lutero, Robespierre, Camille Desmoulins, Guevara, é um psicopata em potencial. Calaram. Haroldo contou, então, para desanuviar, a queixa do embaixador Bucher quando rendido: "Me soltem, garotos, eu sou a favor de vocês, eles não vão dar nada por um embaixador suíço, além disso eu sou viado." Riram e não voltaram a falar de política até chegar em Uruguaiana. Haroldo mudou de planos, atravessaria a ponte com a cara e a coragem, se preciso a nado, daí pegaria o trem para Buenos Aires. Num momento em que ficou sozinho com Luís lhe disse, quase com naturalidade, Obrigado pelo que fez por mim, conto com seu total silêncio sobre essa viagem, e confio a vida da mulher que amamos, eu nem sei se ainda a amo, a você. Luís perguntou se estava melindrado pela crítica que fizera aos chefes da revolução, deu a palavra de que era também, à sua maneira, inimigo da ditadura, pediu desculpa, se abraçaram, e se afastou discreto para não ouvir a despedida dos ex-namorados. Haroldo parecia comovido, Não precisam me esperar pra saber que cheguei em Paso de los Libres, o nome diz tudo, vão embora, não pelo mesmo caminho, podem topar com aquele cabo filho da puta, ah, Luís, se precisar daquela beretta de criança, deixei no mictório da praça da Bandeira, dentro da caixa de descarga, se aguentar o cheiro, vai achar a minha capanga.

De volta, dormiam no carro, se movimentavam à noite, com medo de patrulhas.

IRANILDO

A maioria da população brasileira assistiu de braços cruzados ao golpe civil-militar de 1964, dado pela direita e sofrido pela esquerda. Esta, pulverizada em centena de grupelhos, garantia agir pelo povo, mas a fórmula, quando não era baixa retórica, um nada sonoro, podia significar, com boa vontade, alguns milhares de intelectuais e trabalhadores politizados — os "pobres juntos", de Sartre, perdidos de armas na mão entre milhões de "pobres sozinhos", movidos apenas pelo estômago. A legião de desclassificados, descendentes dos despossuídos do sistema escravista, negros e brancos, viveu aquilo tudo como seus pais e avós viveram a proclamação da república, a revolução de Trinta, o Estado Novo, a guerra — plateia às vezes atenta, às vezes desinteressada. O suicídio de Getúlio é que dera a impressão de que tínhamos povo. Esquerda e direita nunca receberam, naqueles anos, delegação popular, embora em certas ocasiões se hajam fundido, as duas, ao sentimento comum das massas. Em certas ocasiões.

***

Iranildo tinha orgulho de ser presidente do sindicato dos cortadores de cana de Araraquara. Migrara do Paraná escorraçado por grileiros e, embora não se desse ao trabalho de especular sobre a cadeia de extermínio que vinha de longe e de fora do seu canto de mata, a começar pelo esbulho dos índios, que desprezava — nunca esteve a dez passos de um daqueles piolhentos manguaçeiros —, jurou a si próprio que de onde se arranchasse nem São João Maria o arrancaria. Compreendeu que se defendia melhor se aprendesse a ler e entrasse no sindicato, foi se aproximando, ganhou o primeiro bótom, o da comissão de ajuda aos desempregados, passou pela tesouraria, acabou presidente. Uma noite sonhou com cobra, aviso provado por inumeráveis gerações, inclusive de bugres, que seria traído, hoje ou amanhã. O sindicato recebera repetidos avisos de que o DOPS planejava invadir os sindicatos da área. Josias, o único da diretoria que conhecia cadeia, avisara aos demais que, em caso de ouvirem voz de prisão, deviam, imediatamente, se enrolar na bandeira brasileira que guarnecia o sindicato — emblema palpável, amarelada, com alguns rasgões, é verdade, do seu alto significado cívico, Enrolado na bandeira, garantia, não podem lhe fazer mal algum, Nem bater?, indagou Iranildo, Muito menos bater, tranquilizava o falador, a bandeira brasileira é sagrada.

Os homens que desceram de metralhadora da perua C-10 entraram como se conhecessem a casa e o procurado. De cócoras, como sempre passava as horas de plantão, Iranildo pulou para arrancar a bandeira atrás da mesa. Os tiras puxaram o pano, lhe deram uma surra com o próprio mastro, rindo impudicamente. O sonho com cobra riscou a vista de Iranildo. Apanhou como filho de baleiro, entrou apanhando no DOI-CODI, contou sua vida sob pancada, mas não disse nada absolutamente do que queriam saber, ALN, VPR, MOLIPO, MR-8, POLOP, COLINA, VAR-PALMARES, AP, MNR, MRT... Nunca ouvira falar em qualquer deles.

Na cela em que foi jogado, estavam um preso do PCdoB, um da ALN e um comum. Iranildo, na posição de jeca, contou o sonho com cobra, a decepção da bandeira, as pancadas com o mastro, os choques, o braço quebrado e, quase chorando, Vão me matar, pelo amor de Deus, quem é esse ALN, o VPR, é homem ou mulher? É melhor não saber, lhe sussurrou o PCdoB, se disser que conhece, se abaixou o ALN, vão te arrebentar, Sonhei com cobra na véspera, continuava a choramingar, não dei tento com a traição. O preso comum fazia, enquanto isso, uma bola de trapos e jornais para uma interminável embaixada.

JOVINA

Jovina, a mãe de Berenice, tinha ideias incomuns. Por exemplo, na sua opinião, o inferno era frio, pois não conhecia pior sensação do que, ao se aproximar o meio do ano, senti-lo entrar pelas frestas da janela e do teto de zinco. "Se fosse quente, o inferno era bom, Lúcia", a filha boba, cochilaria na sombra de caramboleiras. A estação do pobre é o calor, se tira a roupa, se entra na bica, já o frio se intromete pelas frestas.

Seu caso de amor com seu José — ela o chamaria assim até a morte — não poderia ser contado. Poucas vezes, em 15 anos, trocaram uma palavra doce, um sorriso cúmplice, ele a ajudava com o armazém, uma vez por quinzena aparecia com uma carne, um peixe, umas cervejas para jantarem os dois, sem palavras e, depois que Lúcia dormia, se deitavam com a roupa do corpo, nunca qualquer dos dois insinuou que podiam morar juntos, de manhãzinha lhe fazia o café com macaxeira untada com a manteiga de Petrópolis, que era o seu luxo, despediam-se no portão, Vá pelo bom caminho, seu José, Amém, dona Jovina. No Natal ele apareceu com um presente, ela foi abrir escondido dele, nem mostrou a Lúcia, morta de curiosidade, quando ele acabou o café foi levá-lo ao portão. Era um ferro elétrico, Obrigado, pode dar pra outra. Seu José a encarou nos olhos, como se fosse explodir, Você é uma mulher atrasada.

Criava há alguns anos os três filhos de Plácido, seu primogênito. Quando ia à Zona Sul, entregar roupa passada, largava-os na rua, se os trancasse poriam fogo no barraco, tinham feito uma vez, sob aplausos de Lúcia. Amarrou-os com corda nos pés da mesa. Os vizinhos ouviram os gritos. Uma vizinha arrombou a porta, ia soltar os meninos, Não, disse uma outra, não desmanche a prova, chamou a polícia. Ao voltar, já do portão Jovina viu a desgraça nos olhos de Lúcia. Inventaram que apanhavam, trabalhavam escravinhos para a avó. Berenice foi com um advogado resgatar a mãe.

Achava certo bater nos filhos e nos netos. Se tivesse recursos seria diferente. Em Berenice, a caçula, bateu duas ou três vezes, para não perder a prática, era franzina e comportada. Uma vez em que surrara Plácido, cinco anos mais velho, Berenice brigou com a mãe, A senhora bate porque apanhou, sou capaz de compreender, mas olhe bem, seus filhos não têm pai, não têm roupa, vão dormir com fome, não têm nada e ainda por cima apanham, a senhora deve usar sua violência contra seus fregueses, seus exploradores. Jovina ouviu, tinha a intuição de que Berenice nascera sábia, não deixou de bater nos netos, filhos de Plácido — poupava Lúcia porque era boba. Sofria depois, queria ser diferente, uma triste lavadeira que achava o inferno frio. Num domingo, em que sempre fazia cozido e mandava buscar dois guaranás e uma malzibier, perguntou à filha o que era reforma agrária, É terra pra quem trabalha na roça. Lúcia prestou atenção por um minuto, o seu recorde. Jovina comentou, Reforma agrária não pode ser boa, escuto falar desde menina, no Recife, se fosse boa já tinham feito. Berenice retomava, com paciência, a explicação, quando Plácido acordou e veio direto à travessa de batatas-doces, abóboras, quiabos, maxixes, uma linguiça fina coleando entre os legumes. A conversa recaía sobre uma gravura que Jovina mantinha na parede da sala. Os dois caminhos. Era uma montanha a que se subia por duas portas, uma estreita, passando pela crucificação do Cristo, um peregrino dando esmola, outro socorrendo um doente, uma igreja, levando ao céu; a outra larga, aberta para um caminho de luxos, tabernas, bailes, que dava no inferno, Mãe, argumentava a filha, essa história é pra enganar trabalhadores, trabalhem, trabalhem, trabalhem chegarão aos céus, e os que vivem da exploração do seu trabalho gozem gozem, gozem que terminarão no inferno, Tem razão, minha filha, tem alguma coisa errada nesse quadro.

BERENICE

No primeiro semestre de 1971, os amigos se encontravam pelo menos uma vez por semana. Às vezes, Júlia trazia Berenice. Luís a conhecera pouco depois de Júlia, fazia o último ano de História, em 1964, mas só agora começou a prestar atenção na garota, 1 metro e 60, se tanto, tão raquítica que não se acertava a sua idade, dando adeus quando subia no ônibus lotado, talvez a mesma de Júlia, talvez mais velha. Júlia era a mais alta dos três, 1 metro e 80, Luís 10 centímetros menos. Berenice era frágil, míope, sem seios, seu guarda-roupa dois ou três vestidos sem enfeites, uma blusa de crochê, dois tênis, uma sandália e um par de sapatos que fugia de graxa. Nenhum homem que valesse a pena a desejava, nenhuma mulher a via como concorrente. Quando, na sua ausência, comentavam isso, recorriam a uma frase de Manolo — "Com a inteligência que tem seria insuportável se fosse ao menos bonitinha." Os homens, sim, competiam com ela, uma analista política nata, separava o secundário do principal, o lógico do histórico, com nitidez, metáforas e sínteses poéticas e, para uma mulher "prejudicada" — outro clichê que se suponha mais suave —, sempre com fogo interno. O Sinistro, quando a via chegar com as perninhas magras, os olhinhos apertados, a saudava com um apelido que não pegou, Rosinha Luxemburgo. Sem namorados, estimulava todos os casos que via ou imaginava, em especial os da melhor amiga, Júlia. Torceu por Luís Viegas desde o começo e, quando Paulo César partiu para o exílio, lhe falou abertamente, Luís é burguês, mas te ama, passou humilhações e continua a arrastar um pão de açúcar por ti, parece que você gosta dele também e, a não ser que te cause repulsa, por que não lhe dá uma oportunidade? Júlia abriu mais os grandes olhos, Oportunidade de quê? De te fazer a vida confortável e boa, o amor romântico, a paixão, dificilmente leva à felicidade, por outro lado — Berenice adorava essa maneira de inverter o raciocínio, como um jogador de basquete cercado num canto arremetendo a bola por sobre os adversários para o lado oposto — por outro lado, o amor real é feito de interesses sociais, desejo legítimo de conforto material e até a necessidade invisível de sobrevivência genética, A única coisa certa nesse teu sermão, respondeu Júlia, é que já gosto do Luís Viegas, hoje não me causa repulsa, consegui que não se perfumasse tanto, se vestisse mais informal, tivesse opinião, seja qual for, eu o transformei um bocado, me sinto responsável por ele. Estavam na mureta da Urca, acendiam as primeiras luzes da enseada de Botafogo, um senhor jogava o anzol perto delas. Berenice pediu que fossem andando, Estava te falando do Luís Viegas para introduzir um assunto. Pararam, viram o pescador no mesmo lugar, Precisamos da ajuda dele outra vez.

***

De novo a estrada, a pressão nas artérias nas ultrapassagens de caminhão, as churrascarias cheirando a gasolina, os garçons bigodudos enfiando por cima do seu ombro espetos de costela, linguiça, coração de frango, fraldinha. Dessa vez o comando pertencia à própria Berenice. Deveriam deixá-la do lado argentino, em Paso de los Libres, na estação ferroviária para Buenos Aires. Em Uruguaiana o contato era um taxista que avaliou as chances de passarem direto pela barreira em dez por cento. Mandou esperarem na praça, foi esconder o Passat, voltou com vestidos e material de maquiagem. Mandou as três mulheres — uma, sua filha se incorporara ao elenco — se trocarem dentro do próprio táxi. Eram putas levando um ricaço a gozos inimagináveis do lado argentino. A filha Edy iria com ele, o pai, na frente, Bianca (Berenice) e Carol (Júlia) atrás, uma no colo de Luís, a outra com a mão entre suas coxas. O guarda pediu um cigarro ao chofer, mandou passar. Na estação argentina esperaram o horário do noturno para a capital. Berenice estava salva, graças ao teatro daquele homem tosco, conhecido como Índio, ganhara dele mais um nome, Valentina, além de Bianca. Não conseguira engolir o sanduíche trazido por Índio, comprou biscoito e água no carro-restaurante, depois pegou num sono nervoso. De manhãzinha, com a primeira luz caindo sobre o pampa, tomou um susto. Uma horda de cavaleiros se precipitava em direção ao trem. Até que entendeu não serem cavaleiros, mas bois, centenas de milhares de bois, enegrecendo o horizonte. Desejou que sua mãe visse aquilo, uma beleza tão fantástica que quem a contemplasse teria o inferno como castigo. Depois passaram as estações de nomes que não dava tempo de ler, trabalhadores de macacão tomando vinho pelo gargalo acenavam para o trem que levava um caniço humano capaz de morrer por eles. Valentina, que adotara o codinome por ter nascido num oito de outubro, dia da morte do Che, cantava para si a Internacional, com uma felicidade religiosa. Prometia voltar, sua trincheira era o Brasil. Ao descer na estação central tinha ainda na retina os animais que a confundiram. Um homem fez a gentileza de carregar sua pequena mochila, mas antes que pudesse agradecer, lhe disse em voz baixa, *Estás detenida*, O quê? Um outro, que caminhava atrás, lhe disse com voz gélida, *No te hagas de tonta, hija de una puta*.

FERNET

O gerente Marcos notou diversas coisas incomuns naquele freguês. A primeira era pedir pratos complicados, os mais caros do modesto restaurante. Os garçons o chamavam de doutor, por isso, e pela gorjeta sempre acima dos dez por cento. Um ou outro o lembrava, Doutor os dez por cento estão incluídos, Já sei, ele dizia com um pequeno sorriso. Enquanto esperava a chegada da quentinha, de hábito com dois terços do que lhe fora servido, tomava um fernet. Raríssimos jovens da sua idade tomavam esse licor. Era um sujeito raro que gostava de comer sozinho, encerrar a refeição com fernet e sair com uma quentinha. O normal, na sua idade, seria comer acompanhado, pedir um filé com fritas ou risoto de brócolis com lascas de bacalhau, tomar cerveja e não se tocar, absolutamente, com desperdício de comida.

Um garçom, o Alvinho, ao chegar para o turno das quinze horas, cruzara com o doutor Gildo —

aprendera seu nome numa das poucas vezes em que pagara com cheque — presenteando uma mendiga que se levantou e foi jogar a comida no lixo. Doutor Gildo, comentou com ele, Maluca, está perdoada.

Gildo oferecia a quentinha ao primeiro coitado que lhe cruzasse o caminho. Não acontecendo, a levava a um burro sem rabo, magérrimo e musculoso, num terreno baldio em que dava ponto. O carregador pegava o almoço com as mãos sujas, grunhia um obrigado, se encostava na carroça para comer, Só falta o aperitivo, hem, malandro, brincava invariavelmente o doutor Gildo.

O balconista Alvinho contou aos colegas e ao gerente o que vira. A maioria sentiu orgulho pelo tomador de fernet. Um cara generoso que almoçava toda semana com eles. Dois ou três implicantes tiveram vontade de dizer que era isso que aumentava o número de vagabundos na cidade, não precisavam correr atrás. Mas pensaram duas vezes antes de abrir a boca, o próprio gerente do Vila de Santarém era um que não jogava comida no lixo, é verdade que pelo nível do faminto distribuía resto da bandeja ou do prato.

Continuaram conversando até o restaurante encher. Não os incomodava, exatamente, alguém distribuir quentinhas a jogados-fora, mas o fato de o distribuidor ser aquele rapaz atlético, sem qualquer sombra de sofrimento ou piedade cristã no rosto escanhoado. Podia ser promessa de uma graça inenarrável. Um pleibói chamado doutor Gildo, de minúsculo brinco na orelha esquerda e uma ponta de tatuagem (que se imaginava enorme) para dentro do colarinho, comia no Vila de Santarém toda segunda-feira. A partir de abril começou a aparecer também às quartas e sextas. Agora, nem sempre sozinho, mas sem dividir com a companhia, mulher ou homem, o "seu" prato — uma feijoada, um par de codornas defumadas com batatas coradas, um polvo em sua própria tinta com arroz de Coimbra. Os rapazes já sabiam, levavam a sua bandeja para enfiar a sobra numa quentinha, Gildo pedia um fernet, ia ao banheiro, na volta sentava uns minutos para a bebida, pagava, cumprimentava os garçons, saía à procura de um coitado.

O funcionário mais antigo do restaurante conhecera o pai de Gildo, o desembargador Oliveira da Costa Félix. Fora caçado pela revolução de 64 como corrupto, impedido de advogar, sujeitando-se a trabalhar, com sua enorme experiência, para colegas assinarem. Nem aí lhe deram trégua, foi descoberto e despedido. Gildo, filho único, escapara da desgraça, e enquanto o pai virava um molambo, com todos os recursos rejeitados, como se a classe houvesse combinado acabar com ele, teve a ajuda da loja maçônica do ex-desembargador. Empregaram--no na gerência de uma oficina de motos no Irajá. Daí pulou para chofer particular de um delegado do DOPS, iniciando sua carreira na polícia.

Sem ter sido *boxeur*, usava bem os punhos, mas sua habilidade de interrogador era o domínio psicológico sobre o interrogando. Mesmo que essa fosse a ordem, não começava batendo, se gabava de ter dobrado com sua maneira muito "queixo duro", preso que só falava no pau. Era especialmente eficiente com as muitas garotas que passavam por ali, os colegas achavam perda de tempo, se tinham de apanhar, apanhassem logo, já no corredor. Quando Gildo interrogava em equipe, cruzava os braços, encostado na parede, garantia que a sua figura naquele ponto exato da sala, e não em outro, sinalizava na mente do interrogando um porto seguro. Quando interrogava sozinho, tinha cuidado de o preso ver que fechava a porta, convidava-o a sentar, lhe estendia a mão para levantar do chão molhado, jogava às mulheres uma toalha suja para se cobrir. Ajeitando a cadeira como num restaurante, passava-lhe papel e esferográfica para contar, ele próprio, por suas mãos, o que gostaria. Dava a clara impressão de que se satisfaria com aquilo. A garota — tenente Fernet, como disse, era especialista em garotas —, vendo no papel em branco a chance de levá-lo na conversa, o enchia com fatos banais, enquanto ele limpava as unhas e cantarolava qualquer coisa. Fernet olhava a folha, balançava a cabeça como um pai lendo a redação da filha e, com tristeza, a rasgava, puxava a lixeirinha com o pé, deixava cair, como confete, "Olha, foi a última chance de eu confiar em você, respeito a sua opção pela mentira", sua voz perdia a gentileza, "Se lhe der outra chance e você mentir, os colegas aí ao lado vão transformar você em um trapo e eu vou perder minha moral." Suportava um instante o olhar fúnebre da interroganda, abria a porta, deixava-a entreaberta para entrarem os outros, como num cenário de Boris Vian. O dispensável teatro funcionava muitas vezes, aumentando o prestígio do tenente que, como já disse, usava bem os punhos, sem se destacar em especial nos dispositivos manuais, mecânicos e elétricos da dor.

***

Índio fez uma revisão do carro de Luís, lavou-o, recusou o dinheiro pelo enchimento do tanque e mandou voltarem, dessa vez, pela capital, mais demorado e mais seguro. O hotel que indicou era um dois estrelas barato, movimentado — não estranhariam muito uma negra com um branco — e confortável. O saguão era de madeira escura — justificando o nome, Hotel Marrom — quebrada por algumas poltronas de palha e um sofá largo de buracos escondidos por colchas de pele de carneiro. Ao entrarem no quarto, em que mal cabia a cama, o armário e duas mesinhas, um abajur de cúpula queimada a cigarro, tudo cheirando a mofo e naftalina, compreenderam a noção de conforto de Índio. O luxo era um óleo pastoril sobre a cama, *O Laçador*. Estavam mortos de cansados, quando Luís voltou do banheiro Júlia já ressonava, de *jeans*, casaco e sapatos.

A fama do Marrom vinha do seu café colonial, a manhã estava ensolarada e fresca e iam tão contentes que até Canoas se limitaram a meia dúzia de frases feitas. No meio da tarde, parando em Camboriú para comer e pernoitar, Júlia tinha lhe contado a história de Berenice, a Valentina. Ao passarem a chave no quarto — algumas vezes melhor do que o de Porto Alegre —, Júlia lhe segurou o braço e contou que estava grávida. Para ir se refazendo aos poucos, o homem arrumou meticulosamente as poucas roupas que levavam, lhe serviu água, Vamos sair para jantar, ou prefere que eu peça no quarto, quer tomar banho primeiro, vou experimentar o chuveiro, não, não, é melhor você deitar uma meia hora, depois pedimos — eram tantas as gentilezas que ela o abraçou comovida, depois se estirou na cama, lhe segurou a mão, se aninhou no seu peito e pediu, Não saia de perto de mim, te gosto muito, muito. Dormiu. Com algumas horas — a cabeça de Júlia no seu peito em nada ajudava os volteios da sua — bateram na porta. Era o próprio chefe da recepção, Uma pessoa que não disse o nome deixou esta mensagem para o senhor, e lhe passou um envelope. Leu para Júlia, que lavava o rosto, "O carro caiu, voltem para casa de ônibus. Valentina está desaparecida." O inexperiente Luís queria mais informações do homem, mas Júlia passou a comandar, Vamos nos separar, eu vou na frente, pego o primeiro ônibus pro Rio, você espera uma meia hora, fecha a conta e pega o ônibus pra São Paulo, dou um jeito de te contatar.

Luís Viegas sentiu na alma o que ouvira contar dos encurralados, do cabineiro do elevador à partida do ônibus todo sujeito parado era um tira. Pior com Júlia, ostensivamente observada por machos e fêmeas, uma negra benfeita, olhando de cima, na certa estrangeira. O caixa da rodoviária não jogou o troco e o bilhete no balcão, lhe roçou a mão, puxou conversa, ela o olhou nos olhos, Como tem babaca em Santa Catarina. Não podia arranjar confusão, mas estava dito. Circulou uma hora pelas imediações, comprou um lenço de cabeça, gastou um tempão no café, saiu e voltou ao prédio três vezes. Foi a primeira a entregar o bilhete ao motorista, chegou em casa sã e salva.

Sem problema, também Luís chegou a São Paulo. De manhã, ao desembarcar no Rio, foi preso. Metido no banco de trás de um fusca, no caminho lhe tiraram a camisa, a enrolaram na sua cabeça, entraram na Barão de Mesquita 425. No dia seguinte, concluíam que sua tarefa fora dar fuga a Paulo César, o Haroldo, e a Berenice, a Valentina. Do outro lado de um espelho cego alguém o identificara como dono de um morris, de um dodge e uma beretta. Num dos saltos do choque, de chão molhado para otimizar o efeito, quebrara o pé esquerdo na parede.

Nunca souberam com certeza se Luís Viegas era perigoso. As informações que lhe arrancaram se circunscreviam às fugas de Paulo César e Berenice. A cúmplice, Júlia, não fora mencionada em qualquer interrogatório, antes ou depois. Foi encaminhado à Auditoria militar com um pedido de dois anos e seis meses de prisão. Na estação intermediária que era o DOPS, entre o DOI-CODI e o presídio, um dia em que olhava o teto, ansiando por um breve momento de solidão, teve a maior surpresa da sua vida. O morris marrom, que o tio lhe emprestara para tirar Paulo César e Berenice do país — isso ele já sabia —, tinha caído. Do carro ao dono foi fácil. Magno caiu — só que Magno, sem que ninguém pudesse supor, era dirigente da Ação Libertadora Nacional. Uma garoupa gigante entrou na rede que pescava sardinhas. Sua organização àquela altura fora dizimada, Magno sofreu mil vezes mais que o sobrinho, mas era um fósforo queimado.

Luís "amarrou o saco na grade", como mandavam os mais antigos. Lia até a vista doer, fazia ginástica, dia sim, dia não subia ao solário para jogar bola, conversava o máximo para não ser desagradável, reclamava pouco. Não recebia cartas nem tinha a quem escrever. No pátio das visitas, como nenhuma era sua, aceitava o convite de um colega para partilhar a refeição extra, a macarronada, o leitão, os bolos, muitos bolos, e conservas. A sobrinha de um certo Iranildo, líder dos cortadores de cana de Araraquara, lhe perguntou sem rodeios se podia passar a visitá-lo, ele aceitou, também receberia macarronada, leitão e bolos, muitos bolos. Iranildo, quando soube, passou a hostilizá-lo, vinha sonhando com cobra depois de muitos anos. Quando foi libertado não se despediu dele e a sobrinha parou de visitá-lo. Não tinha importância, quem Luís Viegas esperava nunca veio.

De sua cela enxergava o pavilhão dos presos comuns.

***

Campanaram Berenice, a Valentina, por alguns meses. Os cartazes de procura-se tinham a sua cara desde a queda do Congresso estudantil de Ibiúna, mas se surpreenderam com seu tamanho e magreza. Se surpreenderam também com sua resistência, apanhou de argentinos e gaúchos, até chegar de avião no Campo dos Afonsos e apanhar muito mais na Barão de Mesquita 425. Foi avisada que sua sorte iria cair na Argentina, imaginou que por isso sofreria menos, mas queria dizer apenas que nenhum órgão daqui admitiria a sua prisão.

De madrugada, quando recomeçava a pancadaria, seus gritos chegavam às celas misturados a outros, mas pela manhã a ouviam gemer que se chamava Berenice, Berenice de Almeida Santos, nunca vira qualquer Valentina. Dirigente da VPR, Fernet, que se encarregou dela pelos cinco meses seguintes, já não estava interessado em identidades, a enfiou algemada certa madrugada num carro particular, dirigiu serra acima, tinha chovido o dia inteiro e o cheiro de mato se confundia ao de sangue e vômito do capuz. Entrou numa garagem pequena, segurou-a pelo braço para subir ao segundo andar, estava como sempre calmo como se levasse uma namorada ao motel. Berenice pensava que nada podia ser pior do que fora, quando a voz do homem lhe pediu que descesse à cozinha e improvisasse um jantar, Tem bife na geladeira, batata no guarda-comida em cima da pia, cebola, o que precisar. O silêncio era enorme, mas os quartos por onde passou estavam acesos. Encostou o ouvido, vinha de um deles um ressonar fraquinho, sentiu cheiro de sangue no corredor, na cozinha, chorou, bateu os bifes, achou margarina para fritá-los, decidiu cortar os pulsos. Por que obedecia? Talvez ele a trouxera aqui para soltá-la. Não precisavam tirá-la da Barão de Mesquita se fosse para torturá-la mais. Na mesa de fórmica, frente a frente com Fernet, Berenice não engoliu uma só garfada, ele pegou a frigideira, ela se apressou, Eu lavo, Não, vou raspar o molho. E vendo-a soluçar falou com suavidade, Vai dormir, tem colchão lá em cima, é melhor do que no DOI, volto amanhã, e embrulhou num pedaço de jornal o que sobrara, Alguém na rua vai aproveitar.

De dia ela se largava no colchão, dormia aos pedaços, à noite chorava para a cabeça não explodir com os gritos nos outros quartos. Serviam, a horas irregulares, um prato frio, bananas e laranjas descascadas. Fernet chegava sempre de manhã com uma sobra de jantar que ela não se animava a esquentar atravessando o corredor e a escada. Uma vez que tomou coragem para descer, ele a seguiu nu e, de pé, um pouco bêbado, tentou abraçá-la, Sei o que está pensando, pode pegar a frigideira e me queimar, O que adianta, sussurrou ela, cruzando os braços sobre os peitos, Eu no seu lugar faria isso, disse Fernet desprendendo um bafo de conhaque que a fez vomitar, Se não quiser comer é melhor, vamos subir, hoje farei tudo com você, gosto de tuas pernas finas, teu peito pequenininho de criança. Ela obedecia, nunca compreenderia por que, mesmo organizando dialeticamente os fatos — era boa nisso, o sim e o não, a afirmação e a negação. Uma torturada na mão de um torturador que nada queria descobrir. Depois que ele caiu de lado, farto, lambuzado, já dormindo, ela lhe afastou as pernas e foi arremessada num céu branco sem volta, para longe e para cima, sempre para mais longe e mais para cima. Não sabia voltar. Uma garota chamada Valentina esticava a cabeça para fora de um mausoléu e lhe dizia, Acabe com a dor, tente lhe arrancar os olhos, ele acordará e te matará.

    Duas noites depois, ele reapareceu. Ao abrir a porta, ela o atacou a unhadas, ele imobilizou os bracinhos finos, ela lhe escarrou no rosto, despejou xingamentos conhecidos e inventados, Calma, calma, Berenice, vamos conversar, Você perdeu, gritava ela, não arrancou de mim um simples nome, Não te trouxe aqui pra isso, Ninguém pode confiar num monstro como você, Está bem, sou um monstro, chegou a hora de te dizer a finalidade desta casa. Ela arriou os braços, nunca mais olharia aquele homem, Trabalha pra gente, ninguém, ninguém sabe onde você está, Mentira, dezenas de argentinos viram minha queda na estação. Fernet saiu um instante e voltou com um jornal: *Muchacha brasileña terorista huye de la Policia en el terminal ferroviário*. Se acalmara, completamente, como depois das discussões na organização, quando os companheiros se despediam. Ouviu abrir a porta lá em baixo, passos de três ou quatro pessoas na escada, uma voz trêmula perguntando o que fazia aqui, trompaços, socos, silêncio, Hoje vai ter baile, disse Fernet, vamos passear, nós dois. Vendou-a até que o carro entrou numa praça movimentada, Confio em você — de novo a voz que dava em Berenice dó de si mesma —, não tente escapar nem gritar, ou te mato. Engatilhou a pistola. "Está me dando a chance de morrer, vou gritar." Os passantes encostavam no carro, uns rapazes se apoiavam no da frente para conversar, "Estou em Petrópolis, descobriu Berenice, tomei sorvete naquela padaria, andei naquela charrete, senti o odor de uma noite de inverno, tomei chocolate com torradas", Por que me trouxe aqui?, não me bata de novo, não conheço ninguém em Petrópolis. Fernet não respondeu. Mas depois de um tempo, Você não gritou, é sinal que não quer levar um tiro na cabeça, quer viver, Quero voltar para a casa, disse ela sem querer, Ótimo, disse Fernet, você está pronta, vai trabalhar para nós.

VAL

Valentina, aos dez anos, era escura e delgada, ágil, rosto definido como o de Paulo César, olhos de lenta rotação como os de Júlia, a cabeleira bléque, bem aparada, dava a impressão que a desequilibraria a qualquer momento.

    Júlia se reinstalara em casa da mãe, viúva e demente, que não a reconheceu. Valentina, sem amigas, se repartia entre Piedade, nos fins de semana, e a casa de Luís, na Lagoa. Ele a matriculou numa escola suíça, caríssima, de tempo integral. Ao cair da tarde, ia buscá-la, no velho rabo de peixe, para uma casa vazia, guardada por um mordomo velho e amoroso. Josimar só não a seguia nas pedaladas à volta da Lagoa com o padrinho. Aproveitavam para jantar num chinês do Humaitá e, já em casa, enquanto ela fazia as lições no escritório enorme, que a engolia como uma igreja barroca, ele saía para a ronda noturna. Voltava cedo. Insistia, sinceramente, que Júlia viesse morar com eles. Valentina não tinha gênio fácil, presunçosa, se achava mais bonita e inteligente que as colegas. Quando, sem querer, ou de propósito, lhe lembravam que era preta, caía de si mesma. Deprimida, se recusava a falar ao próprio Luís, sentia ímpetos tenebrosos contra a mãe, lhe escrevia, escrevia e rasgava cartas de apelo a que casasse, de uma vez, com o pai adotivo. Em seguida, optou pela guerra. A turma posava para a foto de fim de ano, e um menino avisou ao fotógrafo "vai queimar!". Saiu do lugar, abotoou o colega menor e, antes que pudessem apartar, nocateou-o. Contaria mais tarde, entre seus feitos, ter quebrado o nariz do filho do cônsul francês no Rio de Janeiro. Luís Viegas a defendeu como pôde — os dois psicólogos do colégio insistiam no complexo de inferioridade da agressora. Vencido, pediu a Júlia deixá-la fazer o secundário numa escola da Inglaterra, dinheiro não era problema.

Quanto a Júlia, os anos pareciam pouco afetar seu corpo e sua alma. Saía com Luís em pequenas viagens de fim de semana. Um cruzeiro os levou a Fernando de Noronha. Conheceram Gramado, Buenos Aires, São João del Rei, ela voltava transportada, ele como um preso que pulou uma cerca de arame farpado, orgulhoso apesar dos rasgões na carne. Júlia nunca dormia na Lagoa, levava-o para Piedade, na antiga cama da mãe, agora inválida, em um quarto que fora dos filhos, reformado por Luís. Júlia amanhecia em paz e, enquanto ele ia à padaria, entrava num sono desassombrado de mulher que sabe ter um homem. Não amava, só era feliz.

Quase nunca falava do exílio, mas um dia contou à filha um fato e chorou. Valentina tinha dois anos quando caiu Allende, Haroldo as deixara no apartamentinho da *calle* Agustinas enquanto verificava a rota de fuga para o sítio do cônsul albanês, para os lados de Macul, que os levaria, como já combinado, à embaixada da França. Esperaram dois dias e Haroldo não voltou. Morreu, pensaram. Chegaram soldados do Exército, excitados, obrigaram-nas a descer e deitar na calçada. Júlia pediu para ficar em pé com a menina. O tenente não queria acreditar que fosse empregada do protético Capriles, ela disse posso provar, no apartamento desencavou uma pasta com dólares, aumentou a desconfiança do tenente, em pouco estava no Estádio Nacional. O militar que as recebeu examinou a pasta e mandou-as embora, foram, então, à casa do cônsul que, depois de recusar qualquer informação sobre Haroldo, como se temesse lhes dar as piores notícias, passou-as ao colega norte-americano, que entrou com elas na França, onde encontraram Haroldo. Nunca tiveram coragem de esclarecer o desencontro, Haroldo era um dos chefes do coletivo, viajava sem parar pela Europa, Cuba e África. Cuidava das finanças do grupo, movimentando muito dinheiro, lisonjeado pela confiança dos companheiros. Certa vez deu a Júlia para guardar um diamante minúsculo, valendo milhões, recebido como comissão individual pelo envio de um navio com armas da Tchecoeslováquia para Angola, Merecemos pelo menos isso, Júlia, Não é nosso, disse ela, se recusando a pegar a pedrinha, é da revolução. Ele concordou, mas justificava o prêmio pelo futuro da filha. Nunca mais lhe falou de negócios. Do contrabando de armas passou a tráfico de heroína. Escapou de um cerco pela Interpol em Gibraltar. A última notícia que tiveram dele — Valentina já tinha sete anos — é que mudara o rosto completamente e era procurado também pelo governo argelino que pôs em custódia a mulher e a filha.

MAGNO

Luís mandara adaptar os pedais dos carros à prótese do pé esquerdo. Júlia estava sempre disposta a *shows* e jantares na Zona Sul. Tio Magno, sozinho ou acompanhado, passou a ir com eles. Apesar de cinco anos de prisão nas costas, ficara — se já não o era — mais exigente que o sobrinho, nos pratos, nos vinhos, nas sobremesas, recuperara um ar sem pieguice de homem maduro, crítico folgazão da classe a que pertencia. Cursara Medicina até ser expulso faltando pouco para o diploma, estudara em Moscou, benquisto no PCUS até a divergência sino-soviética, duvidava de certos crimes de Stálin e, vendo pela televisão a luta em Moscou na fila pelo primeiro McDonald's, voltou ao trotkismo da juventude. Se tornou cínico.

Magno estimulava o bovarismo de Júlia, a fazia degustar vinhos, rir e chorar, abrir os grandes olhos, a boca de um leve batom. Viegas viu, claramente visto, numa daquelas noites, que os dois se desejavam. Não daria oportunidade, cortou as saídas com Magno. Disse a Júlia que não o aguentava, Conheço ciúme de longe, disse ela, Tanto não é ciúme, respondeu, que pedirei a ele que te leve pra sair, quando quiser, Se acontecer, finalizou Júlia, prefiro que você não saiba. Estranhando o afastamento, Magno telefonou, no domingo apareceria para uma ceviche mediterrânea e moqueca capixaba, o casal entraria só com panelas e pratos. Luís se lembrou de uma feijoada infausta, há muitos anos. Sua vida, como uma folha de jornal, traga ela a notícia que for, caíra naquela rua desalinhada de casas sem estilo, uma que outra jeitosa, murada, calçadas quebradas por raízes, aqui e ali uma com têmpera e alma de residência, um pasto de bois por trás de todas, chácaras, brejos, um riacho barrento e uma várzea com mais balizas de futebol do que vira em toda a sua vida. Gostava da noite ali, o esporro dos grilos, o choro dos sapos, pios, uivos de lobisomem, das lâmpadas altas, inúteis, salvo para mariposas, como nos cenários de *bas fond*. Júlia e a mãe viam televisão, ele procurava um morrinho em frente, estendia uma toalha, os braços sob a cabeça, fumava. Domingo de manhã ia com um vizinho assistir aos festivais de peladas, jogadores de camisetas rotas, descalços, uma bica para o banho, as limonadas em latas de banha, três ou quatro copos mal lavados para cinquenta atletas. Se fosse aquela a sua vida, seria feliz como eles. Um beque voluntarioso nocauteou com um pontapé na cara um atacante franzino, carregaram-no até a bica, não acordou, partiu numa camioneta para o hospital, o culpado chorou se sentindo homicida, a partida continuou. Na segunda-feira chegou o corpo. Contrariando a vontade da tia, única parente, o velório foi na sede do time, Luís Viegas notou ninguém se dirigir a ela, sentada num canto, É puta da zona, explicou Júlia, e desconfio que o garoto era seu filho.

***

No meio do ano, Luís decidiu visitar a afilhada em Londres. Júlia não podia deixar a mãe e, agora também, o sobrinho órfão — os pais haviam morrido numa capotagem de caminhão durante o carnaval. No colégio para estrangeiros, Valentina conhecera árabes e russos riquíssimos, *criollos* mexicanos, filhos de mortos ou desterrados de ditaduras imperiais, rebentos de altos funcionários da ONU, africanos sustentados por diamantes de Luó, herdeiros turcos de cartéis de prostituição. Chamavam-na de Val. Usava calças Armani, se penteava agora com mais requinte, delgada como a mãe, sapatos feitos à mão, pulseiras e anéis regalados por um namorado filho de *sheik*. Não sabia se estudava economia ambiental ou publicidade. Evitava falar de política, mas se desentendeu um dia com o padrinho ao lhe contar que viera de uma manifestação em frente à London Clinic pela libertação de Pinochet. Viegas atribuiu a loucura às companhias de Valentina, mas ela tinha ideias, adotara o credo liberal, não admitia qualquer ética que não fosse a individual, o socialismo não passava de uma utopia nefasta, só o crescimento da riqueza pode elevar a renda dos pobres, com a subida do nível do mar, sobem com ele o iate de 30 pés e o caíque de 3 metros, para fazer isso no Chile foi preciso um Pinochet. Morava com uma amiga e, antes de partir, Luís Viegas encheu a geladeira do apartamento no Soho com iguarias brasileiras. Dias depois, ao entrar na rua de casa, Val viu um homem alto parado na sua porta. O estranho vestia um casacão escuro de corte pós-soviético, um cachecol mostarda, lhe ofereceu a mão descomunal, Sou teu pai. Nunca contou esse encontro a Júlia e Viegas.

***

Na volta, Luís quis fazer surpresa a Júlia, a encontrou cozinhando. Abriram a última champanhe da caixa que lhes presenteara Magno. O som quebrara, mas ela não hesitou, foi buscar na vizinha o aparelho para ouvir a caixa Charles Aznavour, comprada na Rough Trade. Na juventude, amara, como Luís, Sacha Distel, o de amores engraçados, apreciava agora o das canções diláceradas. A vizinha veio com o aparelho, tendo de elogiar *Et pourtant*, *Hier encore*, *Il faut savoir*..., Não compreendo a letra, dizia, engasgando com a champanhe, mas parece o Nelson Gonçalves. Júlia se lembrou de que Magno zombava dela por gostar do cantor armênio. Luís entrou no banheiro recém-reformado, Júlia foi buscar toalhas limpas. Beijaram-se, Boto a mesa enquanto isso, disse. Estava radiante. Luís tirou a roupa, ao puxar a toalha derrubou a lixeirinha de palha, ao lado do vaso, se abaixou para fechá-la quando viu uma ponta de charuto. Preferiu tomar o banho antes de pensar. Depois, enxuto, agasalhado no roupão que Júlia lhe dera, teve a certeza de que Magno estivera ali em sua ausência.

***

JOEL RUFINO DOS SANTOS

    Cristóvão nascera mordomo. A mãe, importada aos doze anos de Cachoeiro do Itapemirim pelos Viegas, engravidou aos dezesseis e teve permissão para criar o menino no solar da Lagoa. Viviam com espaço e conforto numa garagem traseira da casa — televisão, geladeira, duas camas, armário e, sobre a cômoda, uma fotogravura da catedral de Aparecida. Cristóvão foi à escola pública, aprendeu letras e números, mas sua vocação era o funcionamento da casa — aos dez anos, lavava, passava, atendia telefone e assistia a mãe na cozinha. O falecido avô de Luís o incentivou a usar a biblioteca — lugar onde, aliás, o proprietário menos ia —, e Cristóvão se fez ledor. Eça era o seu preferido. Quando lhe diziam que podia ser também escritor, respondia que a ideia era uma afronta. Não deveria ser nada senão mordomo. Testemunhou os grandes momentos da família, diversas vezes foi para Luís Viegas pai e mãe. Quando chamavam o responsável do garoto no Saint Paul, quem comparecia era ele. Desenvolveu uma anomalia: era capaz de ouvir, de noite e de dia, qualquer pequeno barulho no solar, uma fruta que caísse da mangueira, uma lagartixa subindo a parede da lavanderia, um pardal pousando na luminária da varanda.

De quinze em quinze dias viajava a Macaé, onde tinha parentes. Naquele domingo, temendo o trânsito, voltara mais cedo, por volta das dezessete. Mais tarde, tinha um calafrio ao pensar que podia ter chegado no horário habitual de anos. Ao meter a chave na larga porta almofadada, ouviu barulho no andar dos quartos. Imaginou que Luís ou uma namorada tivessem esbarrado sem querer na porta — o barulho era abafado e só o seu ouvido captaria. Apurou a audição na escada. As batidas se repetiam, fracas, como se algo ou alguém fizesse um esforço regular para repeti-las. Ele bateu na porta e esperou. Respondeu um fio de voz incompreensível. Estava fechada por dentro e supôs que, por algum motivo, Luís estivesse sem força para abri-la, arquejava, trombava de novo, com o cotovelo ou o calcanhar. Cristóvão desceu e subiu a escada aos pulos, com um molho de chaves. A roupa de Luís era sangue, um rastro vinha do banheiro. Cristóvão lhe apertou os pulsos com toalhas e ligou para a ambulância.

***

Júlia correu ao hospital. Cristóvão, que, na ausência de tio Magno, era o responsável por Luís, não a deixou entrar. Júlia chorou. Talvez o amasse e, por isso, para negar, jamais o levara em conta. Talvez o odiasse porque ele a amava. Relembrando os episódios em que o rejeitara e humilhara — a festa de Mata Hari, o piquenique em Mangaratiba, a surra de Paulo César, as noites em que se deixava contemplar vestida, fingindo dormir para não fazer amor, os bolos e os atrasos sem qualquer satisfação, o caso com tio Magno —, se sentia sádica. Mas que obrigação tinha de amá-lo? Determinada por quem? Esse é o nosso destino: amor sem conta distribuído pelas coisas pérfidas ou nulas, doação ilimitada a uma completa ingratidão, mas esse era o poema dele, não dela.

Tinha agora seu próprio carro, um fusca quatro portas usado que a levava a Mangaratiba com fiéis amigas e a ensaios de escola de samba. Recusava convites para desfilar como destaque, nem sequer saía no carnaval, gostava de si sem adereços, sem pintura, sem chamar atenção — e explicava que ser bonita lhe custara muito na vida. Perto dos cinquenta queria sossego. Não voltara a ver tio Magno e, quando o pensamento se dirigia a Luís, chacoalhava a cabeça e ele desaparecia.

***

Perto do carnaval, no posto de gasolina, um sujeito esperava atrás dela a sua vez de abastecer. Impaciente, veio até o fusca, enfiou a cara pela janela, Conheço você, Júlia tremeu enquanto o estranho inspecionava, por hábito de ofício, o banco de trás, Encoste ali à direita, completou, por favor, dona Júlia, por favor. Nunca fora presa, escapara por pouco, mas seu prontuário era extenso. O sujeito pediu licença para se sentar no carona, Não tenha medo, não estou aqui como policial, aliás estou reformado, não vou dizer que sofri tanto quanto vocês, mas tenho duas balas no corpo, cicatrizes, Por que me parou, fez ela longe de se acalmar.

Otavinho resumiu sua história. Lhe aparecera certa tarde no DOPS, onde era delegado, a mulher de um subversivo querendo visitá-lo, Era um preso de passagem, arrebentado no DOI-CODI, não encostei a mão nele, juro por Deus, não fazíamos naquele tempo esse serviço, eu e a mulher, uma gringa, nos apaixonamos de cara, permiti a visita arriscando minha carreira, vocês de fora não sabiam de nossas brigas internas. Ela visitou o cara quase todo dia, algumas vezes eu mesmo desci com ela. A convidei pra sair, com o tempo começamos a ir a sua casa, e se fosse um aparelho? E se um belo dia, saindo do quarto, desse de cara com um terrorista? Acabou me confessando que era apenas amiga do preso, talvez para me tranquilizar, não era perigoso, um apoio de organizações, havia um monte, por burrice ou inocência, ele saiu com mais um ano, telefonei, queria vê-la, arrastava um caminhão pela ruivinha, "Não podemos mais nos ver, Otavinho", falou chorando, "adeus, nunca amei um homem dessa maneira", desligou. Corri à casa dela, mudara. Sou um bom polícia, nunca achei qualquer rastro, E eu em que posso lhe ajudar?, conseguiu dizer Júlia, não faço ideia de quem seja e, juro, se soubesse onde se escondeu não contaria a um tira. Otavinho sofria, segurou o braço de Júlia, ela se contraiu, Está certo, só peço que se estiver com ela alguma vez, numa reunião, numa ação, diga que continuo a esperar, um telefonema, um telegrama, uma carta. Júlia ligou o carro, ele olhou o movimento da rua, Me faça esse favor, sei que não acreditam em Deus, então jure por sua filha, Como sabe que tenho uma filha? Não esperou resposta, Otavinho já descera, enfiou de novo a cara de bebê pela janela, Esqueci de dizer o nome da garota. Júlia sabia, mas ouviu, Gladys.

VISITA

Chegara o momento anunciado por doutor Arthur, "Quis dizer apenas que você deve programar seu lazer como se... por exemplo, o país estivesse às vésperas de uma revolução comunista, desfrute enquanto é tempo." Luís dormitava a maior parte do tempo. Já não se alimentava pela boca. Em breve sumiria entre os lençóis. Gladys, a única amiga com coragem de vê-lo, pensou em comprar uma cama de água, mas as enfermeiras fizeram ver que criava outro problema. Gladys esperava que um sobrinho de Júlia, única possibilidade de avisar a mulher, tivesse feito sua parte. Localizara-o na antiga casa da família, trabalhava no recapeamento da ponte Rio-Niterói, uma espécie de morto-vivo passando o tempo de folga na cama ou na condução. Uma tarde chegou com Júlia, lhe tomou a benção e sumiu.

Estavam ali as mulheres da sua vida, menos Gabi e Berenice, mas ele não sabia. Ora eram vozes sem rosto, ora o contrário. Uns estremeções de raro em raro garantiam que não morrera. Júlia e Valentina lhe tomaram as mãos, Gladys foi para o fundo da sala, a partir de agora só faria chorar, Luís, eu te amo de um jeito que nunca entendi, Padrinho, secundava Valentina por entre as palavras da mãe, você fez tudo o que sou. Júlia levantou a sobrancelha, Não diga isso, você é uma reacionária, Luís era um socialista cristão, Se soubesse o que é socialismo, detestaria, Não o torture mais, finalizou Júlia, Foi o pai que não tive, insistiu ela, Não, você teve pai, é com Paulo César que você parece, mimada, egocêntrica. Gladys ouviu a discussão, Vão embora, nenhuma de vocês o amou.

Um senhor, certo dia, quis vê-lo. Nenhuma das mulheres o conhecia. Fora bonito, os olhos eram vivos, a falta de dentes, as orelhas manchadas, a pele cinzenta, os passos pequenos, um rato gigante. Depois de avisar que não seria reconhecido, Gladys permitiu a visita sem sair do quarto. O estranho tentou várias vezes que Luís lhe dissesse o paradeiro dos filhos. Gladys o levou para o corredor, ouviu aos pedaços que saíra da prisão há anos e sua única referência era Viegas, não sabia ler, não tinha emprego, só tinha no mundo os garotos. Ela prometeu, de mentira, que se Luís retornasse do coma, anotaria o endereço dos filhos de Valdir e Gabriela Helmut Nagami. De madrugada, descendo à lanchonete por um café, teve pena do velho roncando com a cara entre os braços.

A ILHA

Florisbela, uma amiga que herdara um chalé na ilha, o deixou abandonado até que se lembrou dela. Júlia não pagaria aluguel, apenas protegeria o sítio contra invasões — estavam se tornando comuns na ilha — e faria umas pequenas obras, aos poucos, sem se apertar. Aliás, uma parte da propriedade, a que dava para o morro, se transformara em favela. A parte melhor, virada para o mar, onde caía um sol vermelho, aplaudido por visitantes, se salvara. Havia um jardim à antiga, uma casucha de caseiro, no mesmo estilo da casa, um sapotizeiro, umas viajeiras, de belos leques imponentes, um *flamboyant* que pendia para a água. O tronco se partira em dois e alguém lhe passara uma corrente. Em frente, bem em frente, nos dias de sol, se avistava o Pão de Açúcar e a parte oeste do Cara de Cão.

Dizia às raras visitas que não gostava dos domingos na ilha, muito lixo, crianças. Morria de pena dos cavalos e burros comendo poeira nas ruas ensolaradas. Mentira. Gostava da confusão, aos domingos esperava a barca das dez, invejava a alegria dos abraços, as sacolas com frangos, bolos, farofa, litros de groselha, a lotação dos bondes puxados por animais seguidos de moscas, depois voltava só para casa, tentando guardar um pouco daquele sem razão de viver. De tardinha voltava para assistir à partida, as mulheres vermelhas de sol, os homens de cara cheia, escornados nos bancos de pedra, à espera do atraque. Quando a barca partia, se imaginava um instante lá dentro. Há um ano e pouco não saía da ilha. Não sabia de Valentina, Val, imagine, fazendo carreira na publicidade, defendendo em penitência o voto nulo, o fim da justiça do trabalho, a modernização de tudo, das roupas à música, o controle obrigatório da natalidade, a pena de morte. Pensar nela era pensar no próprio fim.

(Luís também nunca aceitou que Valentina o chamasse de pai, Você que me criou, ela dizia, pagou meus estudos, me sustentou oito anos na Inglaterra, me arranjou emprego, ajudou minha mãe, sei de tudo, ocupou a função paterna. Luís quase concordava, mas havia no fundo desse roteiro uma frustração que, perto de morrer, o constrangia, Só tem uma coisa, concluía Valentina, não sou a tua Electra. Era a cara da mãe nesses torpedos. Aparentava prevenção contra o pai verdadeiro, mesmo ignorando seu rumo final. Era o segredo de Luís e Júlia, por suas bocas nada soube do destino de Paulo César. Mas culpava-o de ter levado a mãe e Berenice — que conhecia de retrato e de uma notícia curta de jornal antigo — à luta absurda contra as forças armadas. Coube a Viegas, mais uma vez, defender Paulo César, o Haroldo, Sua mãe já era militante quando conheceu seu pai, e Berenice, a Valentina, era dirigente da VPR, seu pai apenas um militante de base, Então foi Berenice que recrutou minha mãe e você? Não, não, apenas cumprimos, em perfeita consciência, as tarefas que ela pediu, essa é a verdade, te amo, mas não me sinto bem quando me chama de pai. As conversas com Valentina causavam em Luís um incômodo levemente dorido. Contou a surra que levou de Paulo César. Riram. Todas as gafes daquela paixão eram ridículas, essa fora a pior, não a veria mais se ela não o procurasse, E se mamãe também te amasse? Tinha pena de mim, eu sempre estava disponível para ela).

***

Na última semana notaram que, melhorando, Luís se apoiava nos cotovelos para conversar com um cilindro de nitrogênio, forrado de branco, no fundo do quarto. Dizia uma ou outra coisa com sentido, esperando resposta, o mais era desconexo.

Valentina compreendeu que o cilindro era eu, o autor da história de Luís Viegas. Me pediu para visitá-lo. As amigas deixaram o quarto, quase esbarrei na mãe e na filha. Valentina tinha de Paulo César os ombros largos, o queixo e o nariz. O resto era de Júlia. Luís acordou, me reconheceu, lhe segurei a mão. O pé deslocado na tortura parecia um ferro elétrico sob o lençol, Essa prótese horrorosa provará a Deus que estive na luta, brincou. Perguntei se gostara da sua história, ia lhe dar o título de "A melhor história de amor que conheci", o editor me pedira para mudar, Como ficou? "O homem que amou uma só mulher", Ahn, e virou a cabeça para encerrar a visita, não era feliz, Escute, Luís, ainda há tempo, posso mudar uma ou outra coisa, Sim... tem uma coisa... a traição do meu tio, A traição dos dois, corrigi, Não, a dele, ela não me amava, Qual o problema, então? É que tenho pena de mim, meu tio foi o único parente que eu amei, termine a história com ele me pedindo perdão, Magno morreu há duas semanas, De quê? Tinha câncer como você, Imagino que não esperou deitado. Alguém entrou no quarto e se refugiou na penumbra, Luís, lhe disse baixinho, não retiro a traição, mas te faço uma vontade, Magno se mata, Uma última coisa, quem era o americano alto da foto de 1962 com meu pai? O mesmo que discutiu na PUC com os estudantes, três anos depois.

A história de Luís Viegas — cujo título final ele não soube — foi minha primeira história de amor.

SÃO ROQUE

Em seu primeiro ano na ilha, Júlia convidou parentes e amigos. Estes eram poucos, mas os primeiros chegavam em clima de carnaval, ouviam som nas alturas, deixavam louça empilhada, privadas sem descarga, garrafas e copos no jardim. Desistiu. Quando se ofereciam, alegava falta de água na ilha, eles percebiam a mentira e desapareciam. Júlia já não era festeira, desde que perdera Luís começara, nesse ponto, a se parecer com ele. Havia Valentina.

Vinha no Natal e no Dia das Mães. Da primeira vez, com o namorado e uma amiga, passou o dia. Júlia ganhou uma gargantilha e uma pulseira de marfim, além de perfumes. Nunca usou. O trio reclamou desde a hora em que chegou até quando partiu, das moscas nas feridas dos burros, das charretes desconjuntadas, do fedor a bosta, da sujeira da barca, Piores que as da Indonésia, sentenciou o rapaz. Judy, a amiga, se deprimira tanto com a obesidade das mulheres, a feiúra dos homens, os biscoitos Globo que deixavam farelos nas cadeiras de pau que, mal chegou, pediu a Júlia uma cama e dormiu longamente. Na volta, se plantou na proa do convés superior, sem coragem de olhar os passageiros, aliviada com a brisa fria e salgada. Então avistou uma ilha de sujeira, sabugosa, branca, voltou à sua cadeira rangente e de novo dormiu.

A crítica de Val e do namorado era explícita, razoável. Não se consternariam com a pobreza e o abandono do lugar. Se consternar seria compartilhar com aquela gente a pobreza e o abandono. Não acreditavam que a ilha fora linda alguma vez, fora no máximo bucólica, quando a frequentavam funcionários da corte, séculos atrás, Você gostava daqui quando moça, falou direto com a mãe, porque era pobre naquela época, Ainda gosto, disse Júlia, Pensa que gosta, disse o rapaz, é uma afeição ideológica, sua cabeça exige que você goste disso, Mas eu gosto sinceramente, insistiu ela, Bill tem razão, mãe, é o seu velho existencialismo, Como assim? A tola ideia de que somos todos responsáveis por todos, eu não sou responsável por pobre ou rico nenhum, por homem ou mulher alguma, ser pobre é um problema do sujeito pobre, E pobreza, dona Júlia, secundou Bill, não pode ser bom, Pra mim, falou Val, fechando a blusa, pobreza não existe, há indivíduos pobres, ponto final.

Veio a festa de São Roque, o padroeiro, a ilha fervilhou. Júlia e uma vizinha montaram um estande de angu à baiana e cerveja. Há muitos anos não tinha amigos, só conhecidos, não era amada, apenas admirada. Ainda ria alto e o rosto, enrugando suave dos lados da boca, continuava belo, longilíneo, os cabelos alinhados, os seios pequenos. Só as cadeiras, começando a descer, sugeriam aos homens que a olhavam com malícia ser uma senhora. Então aconteceu naquele dia de festa caindo a noite.

Um garoto lhe trouxe pela mão uma velha de filme de terror. Júlia não a reconheceu. Sua coluna se dobrara em ângulo reto, só podia olhar o chão e, para reconhecê-la, Júlia se ajoelhou, mas não lhe gritou o nome, também a aleijada nada disse. Andava na ilha desde a véspera, perdida, dormiu na praia a cabeça entre os joelhos, lhe trouxeram pão e café, procurava uma conhecida chamada Júlia. Levaram-na a quatro ou cinco com esse nome até chegar à verdadeira, que, olhando-a do chão, imediatamente compreendeu que a mandaram ali para morrer. A corcunda recusou o quarto que Júlia lhe deu, quis o depósito de ferramentas e uma esteira. Só entrou no chalé no dia em que chegou, fazia as necessidades na casinha do cuidador da piscina. Passava o dia e, às vezes, a noite numa espreguiçadeira encostada ao muro do quintal, sob uma montanha de panos. Deixava formigas e moscas lhe subirem as pernas.

※※※

Roberto Okhan era filho único, razão para ser considerado bonito e inteligente. Não deixava de ser esperto e curioso, estimulado pelo avô que lhe comprara uma *História das invenções* em cinco volumes ilustrados, capa dura. O garoto encheu os ouvidos dos colegas e parentes com a invenção de Papin, que, num dia muito frio, observando que a chaleira para o chá tremia e andava sobre a chapa do fogão, inventou o trem maria-fumaça, mas morreu em Londres pobre numa viela lúgubre.

O pai lhe deu, como presente pelo primeiro lugar no exame final, um domingo na ilha. Levariam até o beagle que ganhara no ano anterior. Era uma família remediada, tinham um fusca, uma casa limpa, uma árvore de natal que esperava o seu dia num saco verde-escuro em cima do armário, e um avô, jurista famoso, que se dizia agnóstico e impressionava, ao almoçar com eles, pela quantidade de pimenta que amassava sobre o feijão.

Que piquenique gostava mais?, lhe perguntavam, Ilha do Governador, respondia, E a Praia das Flechas, belezinha, e a Quinta da Boa Vista, e Muriqui, e a cachoeira de Xerém? Detestara uma viagem de ônibus a São Paulo para a posse do avô como Secretário de Justiça, interminável, mas se lembraria sempre da Parada Inglesa onde parecera craque sem ser e, pela primeira vez, falaram perto dele de mulheres de vida fácil.

Abriram as vitualhas na praia da Mulatinha, foram mudar de roupa nas cabines de um hotel-restaurante, Roberto viu sair uma senhora grande, coxas brancas sob uma canga mal fechada. Jamais a esqueceria. Não voltou para a praia, entrou no cubículo da toalete, a mãe pediu ao pai que fosse ver por que demorava. Entraram numa pelada, o pai num time, Roberto no outro. Caíram na água desconhecendo o aviso IMPROPIA PARA BANHO DE MAR, O que está errado nesse cartaz, belezinha, perguntou a mãe servindo sanduíches, Não tem acento no pró, E que mais? Olhe bem, filho, socorreu o pai. Tinham por Roberto uma devoção de labrador.

Gislene, a mãe, preguiçosa, queria mantê-los na sombra do oitizeiro, chamava o rapaz dos sorvetes. Pai e filho alugaram bicicletas para contornar a ilha. Viraram como balas uma esquina, trombaram com uma trouxa. Era humana, embrulhada em panos, presa por correias à cadeira. Pediram desculpa, ela fez um som rouco, Inferno!, ou lhes pareceu. De volta à Mulatinha, acharam Gislene iniciando amizade com outra família, trocavam fatias de presuntada, tangerinas, lascas de doce de limão cristalizado. Roberto reclamou de uma dorzinha de cabeça, a nova amiga da mãe abriu uma capanga de analgésicos. Eram felizes.

Decidiram voltar na barca das cinco e meia, Roberto Okhan vomitara, notavam que a cara, os ombros, as costas se avermelhavam, o pai o mantinha no colo, enquanto a mãe lhe dava água. Não apareceu na barca um salvador se dizendo médico, sequer uma ajudante de enfermagem. Puseram-no na proa, para refrescar, não se animou, os olhos fechados, a testa esfriou um pouquinho. Desembarcando na Praça Quinze, já o esperava uma ambulância. Foi dispensável.

A notícia chegou à ilha com a barca das seis e meia. A família, que os conhecera na Mulatinha, espalhou que Roberto morrera de praga de uma velha atropelada. Quando se fez uma aglomeração raivosa na sua porta, Júlia saiu com um taurus 38, enquanto o jardineiro corria à delegacia. Jovina foi escondida no depósito. Era bruxa.

***

Judite, filha de cabo-verdianos católicos praticantes, nunca dera um passo por conta própria, jamais conversara com a mãe sobre qualquer intimidade, se vestiu, até se casar, como uma monja. Era a mais velha de cinco irmãs, escravas do pai como no Velho Testamento, sem cinema, sem praia, sem rádio, sem festas de aniversário. Suas regras se interromperam aos dezessete anos, não engravidara, apenas subiram à cabeça, enlouquecendo-a. Caso raro, por suposto, e inexplicável, voltaram dentro de cinco meses à via normal, lhe devolvendo o juízo. Se tornou uma mulher de pernas fortes, um pouco arqueadas, alta, morena, cílios compridos, cara bem traçada. Namorou escondido, até que as irmãs a delataram. O pai surrou-a, tirou-a do emprego e, ao saber, também pelas irmãs, que continuava a se encontrar com Daniel, a expulsou de casa. Tiveram duas filhas que o avô abençoou antes de morrer, dando consentimento para a filha casar. Chegando ao quinto parto, uma menina sarará, como o pai, o casal decidiu parar. Vizinhos invejavam aquele amor selvagem, ouvido por quem passasse de madrugada. Então, quando Judite engravidou do sexto, resolveu tirar. Daniel foi contra, tinha medo de fazedoras de anjo, havia duas na ilha. Conseguiu que Judite jurasse, por Santa Luzia, não procurá-las.

Daniel voltava do Rio na última barca. Vinha embrulhado na japona azul-marinho, apesar do calor. Da proa avistou seu garoto mais velho sentado num banco com o rosto entre as mãos. Adivinhou. A casa estava acesa, com vizinhas entrando e saindo. O sangue escuro de Judite empapava o lençol, só as vizinhas se mexiam, torcendo panos, substituindo emplastros na cabeça da mulher. Apareceu um pescador para dizer que a traineira estava pronta para partir. Chegaram à Praça Quinze, alguém lhe tomou o pulso, antes de deitá-la num táxi, Morreu, sussurrou para o marido, Vamos voltar, secundou a senhora que cuidava das toalhas, Morta ou não morta, vamos pro Moncorvo Filho, insistiu o marido. Quando a maca sumiu no corredor, Daniel sentou no chão, enfiou a cabeça nos joelhos e soluçou. Em meia hora, apareceu uma mulher, Não tem esperança, vai morrer por estupidez, o senhor tem culpa no cartório, Eu fui contra, gemeu, Todos dizem a mesma coisa, Nunca vi médico dizer que o doente vai morrer, Não sou médica, posso falar a verdade, Se Judite morrer quebro essa merda, Vou chamar o peeme, Chame, sua serpente, Em vez de nos consolar..., se meteu a vizinha das toalhas, Eu que perdi uma filha num carniceiro, ninguém me consolou, contra-atacou a enfermeira.

    A notícia que ele mandou desesperou a ilha. Os filhos ficassem com Júlia, mais confiável. Daniel passava as horas no mesmo corredor, na mesma posição, temendo que um simples mexer de cabeça desorganizasse a cena em que Judite sobrevivia. Dois dias e uma noite sem lhe dizerem nada. Voltando ao turno, a enfermeira da primeira noite o ignorou, desejava que todas repetissem o destino da filha. Daniel forçou a entrada do CTI, um médico boliviano se compadeceu, com as mãos no seu ombro lhe pediu que fosse para casa, a vida da mulher era questão de horas. Ele se acalmou acariciando uma ideia. Voltou à ilha. Viu de longe a sua rua iluminada, como nas gambiarras da festa de São Roque. A notícia da morte de Judite chegara antes dele. Por que as luzes? Conforme se aproximava, enrolado na japona, as luzes se apagavam. Bateu na porta de Júlia, Vim lhe pedir, gaguejou, para a bruxa salvar minha mulher, Não há bruxa nenhuma aqui, Me deixe falar com ela, É uma velha caduca, Me deixe falar com ela. Júlia o levou ao depósito em que morava Jovina. Uma luminária do jardim dava uma meia-luz ao homem ajoelhado. Depois de muito tempo, a bruxa disse qualquer coisa.

NAUFRÁGIO

A melancolia e o preço dos aluguéis levaram alguns ex-presos políticos a morar na ilha. Nenhum, por acaso, era tão pobre que não pudesse alugar, ou mesmo comprar — vários haviam recebido indenização do Estado — uma casa de veraneio, com jardim e quintal, de frente para o mar ou pertinho dele. Tinham quando garotos passado o domingo na ilha, invadido a barca aos pulos, esbarrando em casais de namorados, carregando cestas com frango, farofa e refrigerantes, "É mais barato levar de casa", diziam as mães. *Fim de semana aqui transforma a gente em bando alegre de colegiais*, sem professores e inspetores, sem prova de matemática na segunda-feira.

Tinham lutado contra a ditadura, costumavam alegar esse mérito nas discussões com os mortais e, entre si, competiam tacitamente pelo posto de mais sofredor. A hierarquia ia do demitido ao banido. Quando um faltava ao encontro no bar, no quiosque ou na padaria, já sabiam, fora aquele joelho, aquele rim, aquele pulmão estourado no pau de arara ou na cadeira do dragão. Havia também as viúvas e mães cansadas de esperar o marido e a filha desaparecidos, mas que podiam ser rastreados se, a qualquer hora, voltassem, doentes ou não, com o juízo perfeito ou não, pelos fios de Ariadne que deixaram trás de si, o apartamento no Leme, a papelaria na Avenida João Ramalho, a casa dos primos em Maria da Graça. Certa Berenice, codinome Valentina, por exemplo, não demoraria a bater as palmas no portão de Júlia.

É possível também que sob a pele de um coronel reformado, aquele, por exemplo, de chapelão e bengala, sentado sob um chorão, se levantando de cinco em cinco minutos para escarrar no mar escuro, se refugiasse um interrogador, um condecorado com a Medalha do Pacificador. Esses não iam a bares, nem festas de largo, eram homens ocos e tranquilos há muitos anos. Certo tomador de fernet, por exemplo, de sulcos verticais nos lados do rosto, era dono de uma birosca que oferecia almoço grátis a meia dúzia de mendigos da ilha.

***

Valentina e o namorado visitaram Júlia naquele domingo. Não vieram de barca, um pequeno iate de que eram sócios os deixou no ancoradouro, menos a amiga deprimida. Júlia fez um dos pratos ensinados por Magno, risoto de frutos do mar no *curry*, três frigideiras em que o polvo, o marisco, o camarão e o *champignon* atravessavam em cruz o arroz colorido. Apresentou Tochuo, envelhecido mas agradável, que trouxe sakê legítimo, conhecido na luta armada como o japonês que invadiu um estúdio de tevê para ler um manifesto. No fim da tarde, os homens se sentaram para ver o jogo. Júlia fez rir a filha contando que na Páscoa Jovina fora o Judas da ilha, malhada na porta de casa. Tocou o telefone. O comandante do iate pedia desculpa, não podia apanhá-los, uma moça passara muito mal e já estavam no Rio, não era grave. Júlia preparou para Valentina o melhor quarto, a filha e o namorado se mostravam enternecidos. Foram dormir pela meia-noite.

***

Enquanto todos dormiam, a ilha começou a afundar. Se fosse apenas uma parte dela, alguém teria percebido, o subprefeito despertado pela necessidade de ir ao banheiro, o vigilante do cais, o enfermeiro de plantão, que estudava para o vestibular de Química, Venham cá ver o que está a ocorrer, e não se precisa dizer que era de além-mar, antigo professor em Luanda. Com o afundamento, porém, de tudo e de todos ao mesmo tempo, ninguém o percebeu, nenhum cachorro latiu, nenhum cavalo escoiceou, nenhum morcego cuspiu. Se, acaso, interessa ao leitor certa classe de eventos, também nenhum homem que deixou o sonho para trepar com a mulher, entrelaçando primeiro a perna, depois o tronco, se sentiu afundar. Um afundar geral e irrestrito, desculpe a repetição, de tudo e todos, em singularidade. Nada fora previsto pela moça do tempo, Frente fria vinda da Argentina derrubará a temperatura no centro-oeste e em parte do sudeste, com previsão de pancadas de chuva no oeste de Santa Catarina, ah, sim, e afundamento da ilha no interior da baía de Guanabara.

Desde Platão se ouve falar de casos assim, a Atlântida, situada além das colunas de Hércules, imergiu de tal forma que nem sinal. Duas pequenas ilhas entre a Indonésia e o Sri Lanka afundaram sem dizer água vai, as artificiais de Dubai e a Sandy Island, a sudeste da Tanzânia, Mum, que ficava no Pacífico, tiveram igual destino, sem deixar rastro, sequer um sapato, uma panela, um manipanço, em barro ou metal, de quem lá vivia. E o caso da ilha Flannan, no litoral da Escócia, em que sumiram para sempre, não a ilha, mas os funcionários que lá serviam? Ilustres antecedentes que provocaram *tsunamis* em praias distantes, não repetidos pela ilha da Guanabara, de que não sobrou nada, um violão, uma baliza de futebol, uma moeda, uma roda de charrete.

✳✳✳

Um minuto antes do desastre, um sonho intenso quase acordou Júlia. Estava no cais para a última barca, pensou reconhecer uma garota lhe acenando da ponte. Tinha perninhas finas e dava adeus como se fosse voltar amanhã. Era, contudo, a barca da eternidade, um antilugar, nele nada se comporta como aqui, lá não se nasce nem morre, tudo já foi decidido, não se luta por nada, não há nada a temer, não há qualquer luz, não se conhece o calor, pois não há energia, todos os astros estão cada vez mais longe, bilhões e bilhões de anos no passado. No entanto, descobriu Orfeu, todo passado está igualmente longe. No brevíssimo instante em que voltou do sonho, Júlia sorriu. Adeus, Berenice.

POSFÁCIO

Eu queria ser capaz de falar certas coisas sem a emoção que, tantas vezes, embarga a voz ou retesa o músculo, e faz tudo parecer perdido. Queria mesmo a frieza dos analistas quando falam de números, cálculos, previsões do mercado financeiro, tabelas e balancetes registrados no Excel. Queria só um pouco. Mas agora não consigo. Por que esse livro do Joel me deu vontade de ver meu pai, é o que posso dizer. Ver meu pai novamente.

Meu pai se chamava Feliciano Adauto de Athayde. Nome de gente que não pode mais viver nesse mundo cheio da parafernália modernosa que entope e sufoca. Ele nasceu no mesmo dia de Adelino Tostes Carvalhal, personagem do Joel, leitor de Hesíodo, dia 19 de julho de 1939. Foi quando me vi suspendendo a leitura, fechar os olhos e ver meu pai, tocando seu violão de sete cordas, me ensinando Cartola, Nelson Cavaquinho, Jacob do Bandolim e Pixinguinha, feito a escola. Meu pai, que já não vejo desde que morreu, em um dia que não me lembro porque quis esquecer.

O bonito desse livro do Joel é que ele quer lembrar e se fazer lembrado. E lembra, com o detalhe de quem viveu sem invenção, cada pequeno incidente, lugar e pessoa. O Luís Viegas, a Gladys, a Júlia, e a ilha que afundou. Eu podia fazer mau uso da metáfora, dizendo da doença, do câncer e do naufrágio, juntados numa psicologia de boteco, onde tudo faz sentido depois de umas doses de Magnífica. Mas eu não vou fazer isso não. Meu pai não deixa.

Olha, eu não posso falar desse livro agora. Não agora. Porque o Joel e o Feliciano estão misturados numa coisa só que não há racionalismo que explique ou descarte(s). E se o naufrágio é inevitável, a memória, que tanto teima em ficar acima das águas de sal, resiste mais que os vestígios que ela nos deixa ver.

O Joel escreveu seu samba de despedida. Foi como ter ouvido todo o tempo meu pai tocando comigo *Sei que amanhã quando eu morrer, os meus amigos vão dizer, que eu tinha um bom coração... Mas depois que o tempo passar, sei que ninguém vai se lembrar...* aí entrava o baixo do meu pai e eu fazendo sol menor no cavaquinho do seu lado. Muita coisa pra lembrar com as lembranças de Joel. Joel teve flores em vida. Joel tem flores agora e sempre.

Rogério Athayde

fonte Vollkorn e Neutra Text
papel pólen natural 80g/m²
impressão Gráfica Assahí, agosto de 2023
1ª edição